藍色星期六

劉以鬯

獲益出版事業有限公司

獲益

藍色星期六

著　　者：劉以鬯

校　　對：丘安盛

主　　編：東　瑞（黃東濤）

督 印 人：蔡瑞芬

出　　版：獲益出版事業有限公司
九龍土瓜灣道94號美華工業中心B座6樓10室
HOLDERY PUBLISHING ENTERPRISES LTD.
Unit 10, 6/F Block B, Merit Industrial Centre,
94 To Kwa Wan Road, Kowloon, H.K.
Tel: 2368 0632　　Fax: 2765 8391

版　　次：二零一九年七月初版

國際書號：ISBN 978-962-449-596-6

劉以鬯、羅佩雲伉儷攝於1958年香港

前言

·林方偉

一直納悶，劉以鬯多次把自己寫進小說裏，但我至今卻還未見過以劉太為原型的小說人物。去年，我在劉家看劉太當年來新馬巡回演出時所留下的倩影，十八、二十歲的她穿着南印度傳統無袖連身裙Pattu Pavadai，還有一張她穿劉老經常寫到的紗籠卡峇雅，背靠着椰樹，那姿勢和雙腳擺放的角度……我禁不住驚呼：「劉太，原來你是《椰樹下之慾》的封面女郎！」劉太不以為然。回新後，我將這兩張照片與封面合成傳給了她。這個連劉太都不知道的密碼半個世紀後終於解開，電話那一端，劉太也覺得很奇妙。她依稀憶起當年寄了兩張照片給未到過南洋的插畫家參考，他把印度上衣移植到馬來紗籠上，得出這很有「種族和諧」意味的造型。原來，劉老和劉太的花樣年華都印刻在他的南洋書寫裏了。

小說報
椰
下
劉以鬯
60
一份報紙的價錢，
一本名作家的小說

小說報
椰
樹
下
之
劉以鬯
60
一份報紙的價錢，
一本名作家的小說

目錄

星加坡故事

1

下午三點半，天忽然下起大雨來。雨很大，彷彿千萬枝玻璃管子，打在窗外的芭蕉葉上，嘩啦嘩啦地像有人在樹上打架。星加坡雖然說是一個四季皆夏的地方，但是一進入雨季，氣候的變化就多了。剛才還是大太陽，此刻都下起傾盆大雨來了。我本來想等雨停後出街，祗因為約好了陳君到「首都戲院」去看四點鐘的「花都諜影」，所以即使下大雨，也不能不冒雨赴約。於是穿上雨衣，匆匆上街。長街行人稀少，車輛也不多，想找一輛「得士」，卻始終找不到。看看錶，已經三點四十分，離開開映時間還有二十分鐘。心裏頗焦急。冒雨走了一陣，終於在如切律跳上了一輛「沿途兜客」的得士。

這種「沿途兜客」的得士，平時總有一個或兩個乘客坐在車廂裏，但是今天不同，也許是因為下雨，所以車廂裏並無其他的乘客。跳上車後，我獨自一個人坐在後座，掏一枝駱駝煙叼在嘴上，燃上火。車子向芽蘢駛去，雨卻愈下愈大了，轟雷掣電，司機很小心，將車子駕得很慢。我望望車門上的玻璃窗。窗上掛滿了雨條，看不清窗外的景物。當車子駛近LORONG 24的轉角時，司機忽然向街邊駛去，從掛滿了雨條的玻璃窗裏，我看到一個女人的糢糊輪廓，站在騎樓底下的人行道上。司機將車子駛近人行道，停下來，反過身來開車門，車門一開，那女人用一條花手絹遮在頭上，匆匆跳上車來，與我並排坐在一起。剛坐定下，她用頭上的手絹抹去臉上的雨珠，然後如釋重荷地舒了一口氣。司機將車子繼續駛開去，搭訕着說：

「雨真大！」

「是的，」我和她竟不約而同地答道：「雨真大！」

她聽見我也答了一句，頗為羞慚地對我瞟了一眼，剛巧我也側過頭去看了她一下，她就受窘地低垂着頭用手去抹乾頭髮上的雨滴。

她的髮式很美，是一種新穎的和合頭，兩條辮子盤纏着，掩去了兩耳的一半。兩耳貼着葉形的綠色耳環，使她的膚色越發顯得白皙了。她的皮膚的確很細白，比當地的一般女孩子要細白得多。她的臉頰上並沒有施脂粉，只是在嘴唇上搽了一點唇膏。她有一張蛋形臉，眼睛相當大，長長的睫毛，筆挺的鼻樑，很美，是一種青春明朗的美，有點像可口可樂廣告牌上的西洋女人，但是她比廣告牌上的那個女人要忸怩得多。當她感到我在頻頻凝視她的時候，她顯得更忸怩，兩隻手很不自然地在捏揉着衣襟。她似乎有點窘，當車子駛過「快樂世界」時，她百無聊賴地打開手提包，從手提包裏掏出一隻銀質煙盒，從盒內擷了一枝粉紅色的S O B RANIE，啣在嘴上，又去找火柴，卻找不到。

「有火柴嗎？」她問司機。

我當即將打火機湊上她的煙頭，替她點上火。她深深吸了一口，吐了一串煙圈，說：「謝謝你。」

說罷，她一邊吸煙，一邊側過頭去看窗外的景物。車過加冷橋時，她用略帶一點感喟的口吻說：「雨很大！」

「是的，」我說。「雨很大。」

「真討厭。」

「總比赤道的太陽好。」

「我倒寧可熱一點。」

「不怕太陽曬？」

「不怕。」她吸了一口煙說，「你呢？」

「我怕，因為我是生長在北方的。」

她撳熄了煙蒂，問：

「剛從國內來？」

「不。」我答。「剛從香港來。」

「到星加坡多久了？」

「才半個月」

她頓了一頓，有意無意地用眼梢瞟了我一下。問：「住得慣嗎？」

「一切都好，就是熱一點。」

「能吃榴槤嗎？」

「嗅到就怕。」

「那你一定在這裏住不長久。」

「為甚麼？」

她付了車資，就下車衝入雨簾去了。

她笑了，笑時渦現，比不笑的時候媚得多。「因為，」她說，「不能吃榴槤的人就不能在這裏住久。」

「為甚麼？」我還是不懂。

「因為，」她想了一想說，「別人都是這樣說的，而且據說這是三保太監的……」

話說到一半，車頂上忽然訇隆隆響起一串響雷，她受驚地怔了一怔，一種突如其來的激盪使她感到不安，抿緊着嘴，胸脯一起一伏，久久不開口。但等她的情緒恢復寧靜時，車子已經駛抵火城，她伸手去拍拍司機的肩膀，司機將車子駛近路傍停下，她付了車資，就下車衝入雨簾去了。

她走後，我感到一陣莫名的空虛，取出一枝煙來，點火時卻發現座墊上有一塊濕漉漉的花手絹，那手絹是她遺落的，取過來一看：這手絹的一角還繡着一個紫色的英文字母：「P」。

2

從首都看完「花都諜影」出來，天已放晴。陳君邀我到金馬崙餐室去吃晚飯，我沒有理由拒絕。我們沿着怒吻立芝律踱步而去，夜色已四合，天主教堂的鐘樓傳出一片祝福鐘聲，那塑着十字架的尖頂背後有晚霞似潑墨。我站在街角神往於這蒼芒的暮色，陳君說我是一個光景的流連者，然而這雨後的熱帶都市的確別有一番情緻。陳君是星加坡的土生華僑，抗戰時期到過國內，光復後回來，現在則與我同在一家報館做事。星加坡對他是絲毫沒有「新鮮感」的，但是對我，這綠色的城市卻有着太多的腰肢：一曲「望卡灣梭羅」的，一幅馬來女人的紗籠；一枚檳榔或一片蔞葉，都能逗起我無限的好奇，我甚至有意嘗一嘗風味別具的馬來飯，但是陳君怕我吃不慣，偏要拉我去吃上海菜。

吃過晚飯，陳君說離開上班的時間還早，願意陪我到遊藝場去走走？陳君在報館裏的工作是編電訊，翻譯組的稿子通常總要在九點左右才可以交出一部分；而我則是編副刊的，往往在早晨編好了，晚上就沒有事。陳君知道我閒着無聊，所以要陪我去逛新世界。於是我僱得士到惹蘭勿刹，走進新世界，兜了一個圈，陳君便拉我到某歌台去聽歌。我對於聽歌並不如一般華僑那麼熱心，記得我剛到星加坡的第一天晚上，同事們就邀我去聽歌，也許因為我是一個「新客」，我頗不習慣於歌台的種種，我認為如果要吃風，可到五樓樹腳；要吃東西，可到加東海乾；要聽歌，可聽無線電，我不懂這一種在其他中國城市並不普遍的娛樂事業，怎樣會在星加坡發展得如此畸形，後來才知道上歌台除了「吃」與「聽」之外，最主要的享受是「看」——看花枝招展的歌女們站在麥克風前的裝腔作勢。惟其因為聽眾們的主要目標是「看」，因此歌台的老板不惜付出數倍於普通薪水的高價去延聘所謂「紅歌星」，以廣招徠；而這家歌台（據陳君告訴我）是「紅歌星」最多的一家，所以陳君認為值得去「看」一「看」。

我們揀了一個靠邊的座位。向「賣茶妹」要了兩杯羔呸烏。

起先是一個名叫「魯舜敏」的歌女與一個名叫「高朗」的男歌員合唱了一首：「打是疼你罵是愛」。兩人站在麥格風前，你唱一句，我摑你一下；你摑我一下，我唱一句，唱歌似打架，打來打去，一片劈拍聲，即贏得了觀眾的熱烈鼓掌聲。

「打是疼你罵是愛」唱畢後，報告員在麥克風裏照例作了這樣的一個報告：「現在蒙眾人的請求，白玲小姐要為各位歌唱一首『我的愛人就是你』。」

接着又是一陣熱烈的掌聲。

「看來這位白玲小姐好像很受人歡迎？」我問陳君。

「這位白玲小姐嗎，」陳君將大姆指往上一翹。答道，「她是目前星馬最紅的歌星」。

「唱得好？」

「唱得很平常，倒是人長得漂亮。」

「很漂亮嗎？」

「你等着自己瞧吧。」

稍過些時，這位白玲小姐就在音樂聲中婀婀娜娜地從後台走了出來，我定睛凝睇，不覺為之一怔，原來這位白玲小姐就是白天與我同車的那個女人，祇是她比白天更嫵媚了：綠耳環、綠圍巾、綠襯衣、綠圍裙、綠色的鏤空手套，綠色的高跟鞋，髮鬢間還插了一朵綠色的大麗花，修長的身材，苗條的體態，不肥，也不瘦，站在麥格風前顯得非常突出，像在黑暗處看夜光錶。

誠如陳君所說她的歌不算唱得太好，但是她的美麗都具有一種滋性的魅力，當她唱到「我的愛人就是你」這一句時，全場的聽眾無不屏息傾聽，彷彿每一個觀眾都是她的愛人似的。

「怎麼樣？」陳君問我。

我答：「你的評語是最具權威性的。」

他笑了。

白玲唱完了「我的愛人就是你」，接着由其他幾位歌女輪流唱了一些俚俗的「時代曲」，但是我對這些歌曲絲毫感不到一點興趣。我一心惦念着白玲，希望她能夠再出來唱一曲，可是總不見她出來唱。陳君看了看手腕上的錶，說是他的上班時間到了，問我是不是願意跟他一同回報館去。

「我想在這裏再多坐一會。」我說。

「是不是白玲的魅力將你吸住了？」他用調侃的口吻打趣我。

我以微笑作答，他當即站起身來，點點頭，走了。我獨自一人繼續聽歌，倒並不是我已習慣於歌台的種種；而是因為我想把那條花手絹交還白玲。我沒有勇氣到後台去，更不知道像我這樣的陌生人，貿然到後台去找白玲會不會使她不高興，所以我祗好靜坐等候，希望在歌台散場後能夠找到她。

我幾乎整整等了兩個鐘點。在這兩個鐘點內，我聽了不少低級趣味的歌曲和一齣比文明戲更庸俗的三幕劇。要不是為了想把手絹交還給白玲，我實在不會有那麼好的耐心坐下去。

十一點左右，歌台散場了，聽眾紛紛離場他去，留下我一個人坐在寧寂的台下。十數分鐘後，才看見幾個下了妝的男女「歌星」有說有笑地從邊門出來，但是沒有白玲。我頗有點不好意思，於是走近邊門處去等，直到台上的工匠將佈景完全拆除後，才看見白玲獨自一個人走出邊門來。

「白小姐。」

「是你？」她還認得我。

我頷頷首，從口袋裏掏出那條花手絹：「這是你的。」

她接過手絹，會意地笑了一笑：「我正在想這條手絹丟到那裏去了？」

「你遺落在車上。」

「謝謝你。」

她把手絹放入手提包後，同我並肩走出歌台，許多遊客都用貪婪的目光注視白玲，看得連我也受窘了。

白玲問我：「你住在那裏？」

「如切律附近。妳呢？」

「芽蘢，」她說。「我們可以一起回去。」

「好極了。」

走出遊藝場，我對白玲說：「時間還早，我們雇一輛得士去吃風，好不好？」

「不好。」

「為甚麼？」

「因為我不願意別人聽到我們的談話。」

「那麼到勿洛去吃宵夜？」

「也不好。」

「為甚麼？」

「因為我不願意去聽別人的談話。」

「可是，我很想同你談談？」

她想了一想說：「那麼到加東花園去坐一會吧。」

於是我們僱車到加東花園。

在車廂裏，一種「陌生感」形成了我們之間的籬笆，彼此都有一點侷促不安。她對我當然是一無所知，我對她所知道的也非常有限。我們沒有「過去」，所以不能談「過去」；惟其不能談「過去」，所以更無法談「未來」；而「現在」可以談的也祇不過是「今天天氣哈哈哈」之類的話語。我們的談話猶如英文教科書第一冊的內容：

「你在這裏住得慣嗎？」——「住得慣的。」

「今晚的天氣很涼爽？」——「是的。今晚很涼爽。」

「常常到歌台去嗎？」——「不常常到歌台。」

「星加坡好，還是香港好？」——「香港固然好，星加坡也不錯。」

「吸煙？」——「謝謝你。」

諸如此類的談話除了稍稍能夠減去一點「陌生感」之外。並無其他的意義。當我們燃上煙後，車子已抵達加東花園。

這是一座沒有花的花園，修飾得非常雅緻：進門便是一條整整齊齊的碎石子路，兩旁栽着不太高的椰子樹，海風迎面拂來，椰香頗濃。我們踏着石子路向海邊走去，走到海邊時，右邊的茶亭已經收市，左邊靠海的石凳上都有情侶偎依並坐。天邊無月，花園裏的燈也很暗澹，雖是子夜時分，但蕉邊椰下仍有雙雙男女。

「這是情調最好的一座花園。」我說。

「這是調情最好的一座花園。」白玲說。

想不到白玲也會說出這樣的一句俏皮話，剛才的那種「陌生感」似乎頓即消失，說話的內容很自然躍出了英文教科書第一冊的範圍。

白玲很健談，而且看來是一個相當直率的女性。她談了一點她的身世，說她六歲就死去父親，母親靠一雙手去替人家洗衣服，將她扶養成人。十二歲的時候，她在「巴剎」裏賣白欖，十三歲時擺過公仔書攤，日軍佔領星加坡後，她曾經在一家紙廠裏做女工，她在溜冰場裏當過溜冰女郎，在武吉智馬的遊藝場裏唱過歌，自從她加入了一個歌誦團，到聯邦去兜了一圈，由於自己苦學和奮鬥，才造成了今天的地位。目前她的薪水每月一千多，但是她仍不能滿足，她希望有一天能夠脫離歌台。

我們邊談邊走，走近一堆樹叢，發現樹叢裏有一條石凳，我說：

「有點累了吧，不如到樹叢裏去坐下來談。好嗎？」

她踟躕了一陣，羞人答答地說：「我怕。」

「怕甚麼？」

「太暗了。」

「有我在，還怕甚麼？」

她嬌嗔地用眼對我瞟了一眼，我聳了聳肩，她笑了，笑得有些妖嬈。我說：「還是坐在草地上吧？」她點點頭，我就躺在草地上，她則拘謹地坐着，兩手抱着膝髁。

「我還不知道你的姓名哩？」她問。

「我叫張盤銘。」

「一直住在香港？」

「我是徐州吃緊時從上海到香港的。」

「你是上海人？」
「是的。」
「上海很大？」
「比星加坡要繁華些。」
「上海女人聽說很漂亮？」
「很多，但是很少有像你這樣漂亮的。」
「你再這樣挖苦我，我不來了。」
「這是實話。」
「你在上海一定愛過不少漂亮女人？」
「喜歡過。」
「沒有墜入情網？」
「我倒希望能夠有一次這樣的經驗。」
「像你這樣的男人會沒有這種經驗？」
「人就是這樣的一種奇怪動物。」
「但是人是感情的動物。」
「我的情感始終沒有得到過正常的發洩。」

聽了我這句話，她抿着嘴開始沉思。四周很靜，祇有海水拍岸的聲音頗具韻節。

她含羞地用雙手掩住臉龐，半嬌半嗔地答道：「不想甚麼。」

「想甚麼？」我問。

我對她纖長細白的手指看了一看，發現她無名指上戴着一雙鑽戒，我問她：

「這隻鑽戒……？」

她放下手來，下意識地看看戒指，說：「是母親送給我的。」

「如果是母親送的，」我用帶一點調侃的口吻對她說：「這戒指就不應該戴在無名指上。」

「那麼，誰送的戒指，才可以戴在無名指上呢？」

「譬如說，將來有一個像我這樣的男人送給你的那一隻。」

聽了我這句話，她驀地臉一沉，垂着頭，很久很久不說話，我不知道是不是因為我的話說得稍稍過分了一點，使她生氣了。我頗表歉疚地伸出自己的手去握她的手，她依舊一動不動，於是我認錯，我道歉，然而她還是傷感地垂着頭，漸漸地我發現我的手背上多了幾顆淚珠。

「為甚麼這樣傷感？」我問她。

她沒有回答我，祇是用手背抹抹了眼睛，站起身來，說道：「回去吧。」

我拍去了身上的塵灰，看看手腕上的錶，已是兩點十分：「讓我送你回去。」

她點點頭。

我們走出花園，園門口那個賣水菓的已經不在，祗有幾個得士司機蹲在路燈下玩「福建四色牌」。白玲用福建話和司機講好車價後，我們坐上得士，直向芽蘢駛去。

白玲的家在二十×巷附近，是一座沿街的洋樓，那洋樓一共三層，她住在二層。車抵家門口，我送白玲上樓，臨別時，我問她：

「甚麼時候再來看你？」

她沉吟一下，說：「明天有空嗎？」

「下午以後就沒有事。」

「那麼，明天下午二點我在家裏等你。」

3

回到家裏已經將近三點了，沖完涼，吃了幾片麵包，上牀便睡，也許是過度的興奮，縱然很倦，躺在牀上卻老是翻來覆去睡不熟。平時我很喜歡看一點傳奇之類的小說，對於小說家筆底下的「奇遇」或「邂逅」，都能信以為真；現在臨到自己頭上了，雖然是親自經歷的真事，卻又不敢十分相信。我總覺得這件事有些倉促糊塗，起先情感上不免起了一截子波浪，後來一想，認為做人能夠糊塗一點也未始不是一件好事，尤其是像白玲這樣一個挑逗性的女人，倉促的「開始」

往往會比認真的「結束」有意思得多。我就是這樣顛來倒去的忖量着，越忖越睡不熟，一直到遠處雞啼頻頻，方才恍恍惚惚地闔上眼。待到醒來時，太陽已很高。猛然想到下午的約會，忙不迭地起牀，匆匆沖了涼，從衣櫃裏取出一套最講究的西裝，穿上了，對鏡一照，又覺得白天在星加坡穿得這樣整整齊齊多少有點傻相，倒不如脫下上裝，打一根領帶，已算是相當「隆重」了。於是喝一杯牛奶，僱車到報館草草將稿子編好，在「首都餐廳」吃了一客Chicksn Special No.2，搭車去芽蘢。

從「首都」到「芽蘢」，中間約有四條石的路程，縱然不在上班下班的時間，也得花上二十分鍾左右方能到達。當車子駛抵白玲的家門口時，已經是兩點十分了，比約定的時間遲了十分鐘。

我忽忽下車，走上一迂截長的石梯，伸手去按門鈴，開門的是白玲自己。白玲引我進客廳，客廳中間置着四隻綠色的沙發，沙發上坐着一個男客，如果我沒有記錯的話，那男客很像昨夜在歌台與魯舜敏合唱「打是疼你罵是愛」的高朗，經白玲一介紹，果然是高朗，只是他今天的神情比昨晚要嚴肅得多。他像是一個不大善於交際的男人，介紹時，面無笑容，連寒喧話都不說一句，繃着一張撲克臉，站起身來便走。

高朗走後，白玲問我喝咖啡還是喝茶，我說喝茶，她就到後面去煮茶了。

我用陌生的眼睛對這客廳端詳了一番，客廳相當寬敞，兩面有窗，窗上掛着透明的紗窗幔，窗外長着一棵棕櫚樹，那絲絲縷縷的葉子在風中飄舞，很像俄國神甫披散在肩上的長頭髮。窗下置着一架鋼琴，上面放一張金色攢花照相架，那照片是白玲自己，古裝打扮，有點像「遊龍戲鳳」的李鳳姐。鋼琴旁邊是一隻酒櫃，整枱威士忌和白蘭地，玻璃櫥內放了一排香檳酒杯和一套燒着五彩仕女圖的江西瓷器。酒櫃上面掛着一幅油畫，以馬來甘榜作題材，一座「亞答屋」，幾棵椰子樹，畫得不算太好，但還別具情致。此外，四張沙發中間放着一隻圓茶几，玻璃面，透過玻璃可以看到下面放着幾本美國電影雜誌以及幾份「南洋商報」和「新力報」。我隨手取了一本Photoplay，翻了幾頁，白玲就端了一個小茶盤來。就是新近有一個跑船朋友從遙遠的家鄉帶來的「鐵觀音」。

她替我沏了一杯；自己也沏一杯。

茶的味道濃而苦澀，但極解渴。白玲遞給我一枝煙燃上火，接着便是沉默——一種近似尷尬的沉默，連一隻鬧鐘的滴嗒聲也清晰可聞，兩個現代人一下子走進了舊小說裏的後花園，彼此都顯得很笨拙。照例白玲應該可以說一些諸如：「今天的天氣如何如何」或者「報館的工作完畢了嗎」之類的客套，但是她不說，她只是低着頭。我則竭力思索着談話的題材，企圖藉以掩飾自己的自然，卻又因為想不出適當的語句而感到狼狽。我唯有抽煙，從煙霧裏，我發現白玲那種欲言又止的羞態，有着仕女畫家筆觸的腰肢，那麼細緻，那麼動人，那麼富於試探性，既冷靜，而又十分激盪；既忸怩，卻蘊藏着大膽。從外表看來，白玲就是這樣一個充滿着矛盾的女性，靈活的大眼睛偏微帶三分憂鬱，矜持的態度竟描繪着嫵媚。

我貪婪地凝視着她：她則讓情感囚禁在虛偽的圈套裏，為了打破這不安的空氣，我終於開口了：

「你有一個相當安適的家！」

「家？」白玲驀地狂笑起來。「這可以算得是家嗎？」

「為甚麼不呢？」

「對於我，與其說這是一個家，毋寧把它稱作一座樊籠，要恰切得多。」

「你獨自一個人住在這裏？」

「還有一個女傭。」

「你母親呢？」

「死了。」

「所以，」我想起了昨夜她流淚的情景，慼喟地說：「寂寞的歲月養成了你的憂鬱性格。」

「然而憂鬱也教會我如何放縱。」

「依我看來，你倒未必是一個玩世不恭的女人。」

白玲又笑了，用含有反擊意味的笑聲來回答我的話。她陡地站起身來，斂住了笑容，走向窗邊，有意無意地去眺望窗外的景物。半晌，她背朝着我而開始喃喃傾訴：「記得我六歲那年，父親帶我到奎籠去遊玩。也許是因為我太興奮了，稍不留神，竟滑到海裏去了。那時我還不會游泳，所以我拚命狂呼爸爸救我，但是我的父親即呆呆地站立在奎籠的木板上，一動不動，祗用一對充滿了仇恨的眼睛注視我——至今，當我每一次想起父親那一對眼睛時，仍會覺得可怕。」

「後來呢？」

「據別人告訴我，後來有一個掠蝦的將我救了起來。」

「你父親為甚麼不救你？」

「他希望我死！」

聽了這句話，我是十分迷惘了，對於這離奇的故事，我應該有不少疑問需要白玲解答的，但是我不敢問。我祗是淡淡地說了一句：

「你一定恨透了你的父親了」

「不，」白玲依舊背着我說：「我祗恨我的母親。」

「恨你的母親？」

白玲頓了一頓，咬緊牙齦說：「因為我的母親偷漢子。」

「但是，」我越發不懂了：「你父親為甚麼希望你死呢？」

白玲久久都沒有回答我，在靜候她答話時，我發覺她似乎在抽哽。她用手指抹去臉頰上淚痕後，繼續說道，「因為我是那個野漢子養的！」

白玲開始飲泣了。她的悲慘的往事深深地打動了我的心，面對着這個自認玩世不恭的女人，我也不能不寄予無限的同情了。我站起身來，走近白玲身邊，白玲則用雙手掩着自己的臉龐，那樣子是最惹人憐憫的，雖然她需要的未必是憐憫。

她覺察到我已走近她的身邊時，便垂下雙手，用一種溫柔而低微的語調開始呢喃自問起來：「從沒有把這件事告訴過別人。但是我為甚麼要告訴你呢？」

我由衷地伸手去撫摩她的肩膀，想不出甚麼表達自己情感上的激盪，竟輕輕地然而是十分大膽地吻了她的粉頸。

她似乎被我這突如其來的舉動嚇了一跳，扭轉過身來，往後退了一步，臉漲得通紅，垂着頭。不敢看我一眼，胸部一起一伏，像是剛剛作過激烈運動。

白玲受窘了，默默無言。剛才的憂鬱頓即消失，一種忸怩、而又極其嫵媚的喜悅則呈現在她的面頰上。她呆呆站在鋼琴旁邊，顯然有點手足無措。

在短短幾分鐘裏，我發覺了白玲多種情感的幻變。

當白玲沉靜時，她像一朵百合花。

當白玲憂鬱恃，她像一朵紫丁香。

當白玲喜悅時，她像一朵盛開的牡丹。

現在的白玲則像一枝含羞草。

她羞慚地咬着下唇，走到鋼琴邊，下意識地去掀開琴蓋，側着身子，用一枚纖纖的手指去按琴鍵，她的目的無非想用琴聲來打破沉默，但即彈了那首「Kiss Me Again Stranger」。

曲將盡時，她竟低聲地唱了這幾句：

「你是這樣一個熟悉的陌生者，

使我實難信以為真，

請再吻我吧，陌生者，我愛你。」

彈完了這支歌，客廳的空氣又恢復剛才的寧靜，但此刻的寧靜卻較剛才要自然得多。白玲輕輕闔上琴蓋，抬起頭來，用一種期待的眼光楞我，看得我既侷促，又迷惘。於是我說：

「有酒嗎？」

白玲微微作笑。笑時渦現，極媚。她的笑似乎是一句近似挖苦的問話：難道想尋找一些勇氣來進攻？抑或是把酒作一種鎮定劑而退卻？

但是她沒有這樣。她祇是簡短地問我，「喝白蘭還是威士忌？」

「威士忌。」

她取出兩隻酒杯，先替我斟了一杯；又替自己斟了一杯。然後舉起杯子，對我說：

「祝福你！」

我也舉起了杯子。碰杯一口飲盡。

白玲把酒瓶拿了過來。邊說邊斟：「再來一杯！」

「夠了，白天我不想多喝。」

「怕我灌醉你嗎？」

「不，不是怕醉，而是我向來就不大喝酒。」

「既然向來不大喝酒，為甚麼今天忽然要喝酒？」

「喝酒對於我是一種需要；而不是享受。」

「當一個人懂得享受酒的時候，酒的存在價值是最高的。」

於是她又替我斟滿了一杯。

「為了享受！」她說。

我們各自舉杯飲盡。

兩杯酒下肚之後，我們之間的某種侷促的約束已消失，我也不再像適才那樣拘謹了，因此我說：

「這實在是一樁非常奇怪的事。」

「甚麼事？」

「好像很久以前我就認識你似的。」

「但是你到星加坡才不過半個月？」

「所以我說，這實在是一樁非常奇怪的事情呢。」

白玲沉吟一下，又替我斟酒。這一次我不但沒有加以拒絕；抑且非常乾脆地舉起杯來，說了一句：「為了你的美麗！」一然後一口飲盡。

她呷了一口酒，問：「你覺得我很美麗嗎？」

「你的美麗是一個竊盜，可以竊取任何男子的心。」

「包括你在內？」

「是的，」我答：「包括我在內。」

「但是我們認識到現在才不過兩天？」

「一個小偷在兩分鐘內，可以竊取一個巴士乘客口袋裏的一切。」

白玲歇斯底里地咆哮。

「你是一個誠實的說謊者！」
她的話有點像警告，肯定中帶着俏皮。
於是，我也俏皮地重複着她剛才唱的歌詞：「美麗的臉蛋永遠是那麼生疏而又熟悉的。」
「然而？」她說：「美麗的臉蛋常常會包藏着一個醜惡的靈魂。」
「你倒實在是一個誠實的說謊者了。」我說。
「不相信我的話？」她問。
「女人未必是弱者，可是她們總是讓自己的秘密給眼睛說出來了。」
「我很不喜歡『眼情是靈魂的窗子』這句話的。」
「為甚麼？」
「因為從你的眼睛裏我祇看到了自己。」
我聳聳肩膀：「完全不能瞭解你的話。」
「剛才不是已經說過了，我們認識才不過兩天。」
「你的意思是——」
「也許兩個月以後，你就會瞭解的。」
我苦苦地一連抽了幾口煙，想不透她說這句話的用意何在。她又斟了兩杯酒，把酒杯紓徐地推到我面前，慫恿我再喝。我當即仰着身子一口飲盡。

她笑得很鮮艷：「你已經懂得享受酒了。」

「當心一隻羊喝醉了變成狼。」

白玲聽了我的話，竟爾笑出聲音來：「最好的獵人期待的是狼，不是羊。」

「我看你倒有三分醉意了？」

「如果是真的醉了，那多好。」

「有甚麼好？」

「因為，」她說：「對於一個男人，酒的效用祇是麻木他的心而掀起了他的性。」

「對於一個女人呢？」

她嬌艷地瞟了我一眼，然後說：「對於一個女人，酒的效用卻麻木了她的性；而刺激了她的心。」

「所以大多數男人在酒後立即變成了狼。」

「所以，」她又呷了一口酒：「大多數女人，在酒後才能決定她的道德上的症候。」

白玲的談吐使我產生了無法描摹的驚訝，她的精闢的見解證明她是清醒的；她的突如其來的大膽則又彷彿帶着幾分醉意。她懶洋洋地站起身來，邁開幾步，躺在長沙發上。

剛才她像一頭貓，現在她像一條蛇。

「遞一枝煙給我。」她說。

我掏出了煙盒，走近長沙發，拘僂着背遞給她，又替她點上火。她深深地吸了一口，將煙霧噴在我的臉上，然而我嗅到卻是「夜巴黎」的氣息。我不相信白玲是個薄倖的姑娘，她的舉止，誰然不能算是輕率，但驕傲已失，那紅膩的嘴唇很像一份紅色的請柬。我已無法再用偽裝的清白來掩蓋粗魯了，一種原始的情感驀然從我胸口湧上來，喉頭有些乾燥，無意地伸出手去，取掉叼在她嘴邊的煙捲，她則用手臂圈在我的頸項上，閉着眼睛。

突然她又將我推開了，微慍地說：

「我不要你這樣！」

於是我站了起來，走到窗邊去眺望窗外的景色：透過棕櫚樹的葉子，是廣大的加冷飛機場，遠處是一列市區的建築物，在明朗的陽光下，依稀還辨得出那是國泰大廈，那裏是市議會。

「出去走走，好不好？」我說。

「到甚麼地方？」

「國泰看電影。」

「看完電影呢？」

「請你到帕薇苓餐廳去吃晚飯。」

「為甚麼要吃西餐。」

「想看你割豬排的姿勢。」

4

白玲的瞬息萬變的情感，使我陷入了無可寄屬的懷疑和迷惘中。在「帕薇苓」吃飯時，我發現她是一個非常敏感的女性，縱情歡樂的外表未能說明一切，骨子裏卻又是那樣地不和諧，不平衡。她時常發笑；也時常蹙眉嘆息。她似乎有一種難言之隱在心頭，至於這難言之隱是甚麼，我當然不知道，而事實上，她如果不告訴我，我根本就無法知道；不過從她那間歇性的喜悅神態看來，我肯定她的愉快的心情，如果不是偽裝的；那末至少也是一種暫時性的。

從「帕薇苓」吃完晚飯出來，白玲要我陪她到「西濱園」去跳舞。

「你不是要到歌台上工去的？」我問。

她滿不在乎答了一句：「今晚我不想去。」

「可以不去嗎？」

「我已經對歌台生活非常厭倦了。」

「可是……」

我話還沒有說完，白玲已揮手招了一輛得士來，坐上得士後，她吩咐司機駛往西濱園。

西濱園是一家著名的夜花園，位於星加坡西端的「巴絲班讓區」，沿海而建，四周種植一些椰樹和芭蕉以及其他各種熱帶樹，樹上掛着顏色小燈，柔和有情調。綠草坪修剪得整齊，中間設有舞池，面積不大，圓形，可供十數對男女共舞。
我們揀了一個靠海的座位，憑倚欄桿可望見遠處小島上的燈火點點。天邊有月，漁舟經過時常構成如畫景色。微風拂來，沁人涼意。
白玲向侍者要了一杯薄荷酒；我則要了一杯馬推爾。
「又喝酒？」她略帶一點調侃地問。
我沉吟一下答：「說它是一種享受吧。」
她笑，我也笑了。
音樂台上開始演奏「Kiss Me Again Stranger」，那悠揚的樂聲彷彿在向我們招手。白玲會心地望着我，我便站起身來拉她下舞池去。
白玲雖是個歌女，但是她的舞步非常熟練。
偎在我的懷抱裏，她低低地問：
「你覺得我這樣做對嗎？」
「做甚麼？」
「我想脫離歌台。」
「有這樣做的必要嗎？」
她沒有回答，祇是仰起頭來，用那一對又大又黑的眼睛凝視着我。一會，她低聲地問：

「為甚麼摟得我這麼緊？」
「如果我們能夠永遠這樣擁抱在一起，多麼的好呢。」
「這是不可能的。」
「然而我忽然想起了一個美麗的故事。」
「講給我聽聽。」
「從前有一個孤獨的男人居住在森林的堡壘中。有一天，一個漂亮的少女來投宿，夜深的時候，她潛入地窟，無意中發現了一大堆寶藏。這位孤獨的男人發覺後趕到地窟去詢問，這時兩人已發覺互相傾愛，因此就緊緊地擁抱在一起，為了永遠保持那一剎那的熱戀。竟雙雙擁抱服毒自殺。」
說完這個故事，白玲若有所思地沉默良久。曲終時，我們回到座位。我問她：
「喜歡這個故事嗎？」
「詩的氣質太濃厚了。」她答。
「不錯，這是一位法國大詩人寫的劇本。」
「我不愛這樣的結束。」
「總不能把它變成一個喜劇吧！」
「也不必雙雙服毒自殺。」

「不自殺又怎樣？」

「我倒希望他們拿了寶藏，搬出堡壘。一同走出森林去尋找幸福。」

「走出森林？」

「嗯，走出森林。」

海風拂來，有點涼。月亮從雲縫裏露出了一半，射出淡淡光芒，把芭蕉的影子壓在草地上，風輕輕搖撼芭蕉葉，影子也跟着擺動。潮漲了，身邊有海水拍岸，偶爾濺起幾點水滴。

「起風啦。」我說。

「很涼。」

「要不要再喝一杯酒？」

「也好。」

於是我吩咐侍者拿兩杯威士忌。

酒來了，白玲皺着眉，態度變得很

音樂台上開始奏着「再吻我，陌生人」。

沉鬱，舉起酒杯，一口飲盡。我發現她手指上並沒有戴戒指。我說：

「今晚你忘記戴那隻戒指了。」

「沒有忘記。」

「為甚麼不戴？」

她嫣然一笑說：「讓我們再去跳隻舞吧！」

接着我們一連跳了好幾隻舞。

半小時後，風勢漸大，月亮已被黑雲掩蓋了。雨季的氣候和白玲心情一樣，既難測，又多幻變。

「回去吧？」她說。

「還早吶。」

「也許會下雨。不如到我家裏去坐坐。」

付了賬走出西濱園。車抵「丹戎百葛」時，果然雨如傾盆了。

白玲把頭靠在我的肩上，我伸出右手去摟她的腰。

她輕聲地說了這麼一句：「我開始對雨發生最大的好感了。」

5

抵達白玲家，雨仍未停。白玲要我上樓去再喝一點酒，驅驅濕氣。

一杯酒下肚，我已充滿夢意，但內心卻依舊有着美麗的興奮。她婷婷嫋嫋地，在我面前走過來，走過去，自傳式的面孔泛着紅暈，「8」字型體態有蛇的誘惑，我乃燃起一枝煙。

「為甚麼老是盯着我？」她問。

「我此刻覺得你是一位天仙。」

「但是你又希望我是一個妓女，對不對？」

「天仙與妓女之間有着很大的差別。」

「然而她們都是女人。」

白玲的話語使我陷入迷惘的俄頃，脈膊跳得很快，頭有點暈暈，我希望能夠有足夠的勇氣去衝破那層道德的藩障。

忽然有人敲門。

一切恢復了適才的清醒。白玲走去啟門，原來是一個穿娘惹裝的中年婦人，撲克臉，身體肥胖得近乎擁腫，氣息咻咻，眼睛放射着憎恨的光芒。

「你找誰？」白玲問。

來客並沒有立刻回答，用手推開白玲，逕自走了進來，用一種好奇的眼光對四周掃了一圈，然後撇撇嘴，從齒縫裏說出這麼一句：「我是來找你的。」

「你是誰？找我作啥？」

那婦人驀地笑得非常歇斯底里：「我叫大目嫂，找你想告訴你一樁新聞。」

「甚麼新聞？」

「你認識陳大目嗎？」

「他常常到歌台來聽歌。」

「除了聽歌呢？」

「那些都是你的猜想。」

「讓我坦白告訴你吧，陳大目是我的丈夫，關於你們的事，我知道得很清楚。」

「我們的事？」

「別假裝正經！你與他偷偷摸摸地同居了幾個月，你以為我不知道。他把所有的積蓄全部花在你的身上，你還嫌不夠。所以他去炒樹膠，輸了，沒有錢付，祗好盜用公款，現在他已經被抓到馬打樓（註：即警察局。）去了，你知道嗎？現在他已經被抓到馬打樓去了！你……你這個不要臉的賤貨，你有沒有良心？」

我聽了這句話，本能地站起身來，厲聲地對她說：「你不能出口傷人。」

她憎恨地瞪了我一眼，哭了。

我剛欲繼續開口時，白玲卻示意攔阻：「讓她去說罷。」

大目嫂含着眼淚大聲咆哮：「你害了他！你害了我！你害了我們一家！我們有四個孩子，現在他被抓進去了，你叫我怎樣養活他們？」

「其實，」白玲的態度很冷靜：「我同你的丈夫絲毫關係都沒有。」

「別撒謊！你同他的事，我早就知道了！他送錢給你用，他送衣服給你穿，甚至這間屋也是他出錢替你頂的！」

白玲冷笑，用揶揄的口吻說：「這有甚麼稀奇呢？送錢給我用的男人多着吶！」

「賤貨！不要臉的賤貨！虧你說得出這樣的話。」

「這有甚麼賤不賤的，」白玲依舊非常鎮靜地說：「我從來沒有強迫過任何男子來到此地。他們自願給我錢用，我如果不拿，就是瞧不起他們；如果拿，也未必見得有甚麼罪？」

「是的，你當然沒有罪。但是我的丈夫現在犯罪了，說不定會坐十年八年監，他有妻子，也有兒女，請你拿出良心來仔細想一想：如果不是為了你，我們一家子怎會弄到這般田地！」

白玲聽了這番話後，久久沉吟，上齒咬着下唇，似乎在思索些甚麼。室內沉寂得出奇，僅窗外的雨聲沙沙作響。白玲驀地走入臥房，俄傾，雙手捧了一些金器首飾，冉冉走到大目嫂面前：

「拿去罷！」她說。

大目嫂楞了一楞，有點窘，感激的神態帶着悔意。

「拿去罷？」白玲毫無表情地說：「但是這些東西中間，沒有一件是你丈夫送給我的，假使這些東西對你還有點用處的話，請你拿去罷。」

接着，白玲從手腕上脫下一隻金錶：「這個你也拿去罷，除此以外，我甚麼都沒有了。」

大目嫂感喟地嘆息了一聲，伸出抖巍巍的手來，將金器手飾全部接了過去，然後羞赧地說了這麼一句：「請你原諒我。」

這是一齣十分動人的話劇，我對白玲的為人開始有一種新認識，當大目嫂走出門後，我忍不住將白玲緊緊抱住。白玲含了眼淚，忽然從我的懷抱中掙脫出來，像一匹野馬似地奔回臥房，「嘭」的一聲關上門，倒在牀上，開始嚎啕大哭起來。

「白玲！白玲！請你開開門！」我的情緒激盪到了極點。

然而白玲祇是哭。

我又一連喚了幾聲，仍不得到她的回答。

「白玲！請你不要虐待你自己！」

她忽然歇斯底里地咆哮起來：「我是一個壞女人！我是一個壞女人！」

我則繼續叩門：「請你開門讓我進來？」

「回家去吧！請你以後不要再來找我！」這是白玲在門內的答話。

「不要太傷心了。」

她沒有再作聲，祗是悲慟地抽哽。我繼續叩門，繼續善言相勸，然而都得不到要領。我相信她已傷透了心，也許此刻，她最需要的是寧靜，而不是一個陌生男子的安慰。於是我想起一句老話：「時間是治療創傷的特效藥」，我應該讓她獲得「時間」和「寧靜」。因此我說：

「你一定很倦了，好好地休息吧，明天再來看你。」

我離開了白玲的家。

夜已深，大雨彷彿忘記了慵倦，街燈發射着悽愴的光芒，有「得士」駛來，揚手一招跳了上去，在車廂裏。我忽然想到一個古怪的疑問：

「叔本華也許是——」

6

第二天，照常赴報館辦公。報館裏「氣壓」很低，同事們因為支不到薪水，牢騷特多。社長不知躲在甚麼地方去了，經理則在隔壁酒吧間飲烏啤，滔滔不絕地和債主們大談其風花雪月，看樣子，倒也優游自得；而編輯部的情況卻十分緊張，有的主張「罷筆」，有的主張到勞工司去控告報館，意見紛紜，亂得像茶樓。大家情緒很壞，而我則另有心事，匆匆發完了稿，立刻僱車去白玲處。

白玲不在家。

據工人說：「一清早就出街了。」至於到甚麼地方去的，連工人也不知道。

「有沒有說甚麼時候回來？」我問。

工人搖搖頭說道：「也不知道。」

「如果她回來了，請你告訴她：我下午再來。」

工人頷首稱是。

離開白玲寓所，到萊佛士坊的「羅便臣公司」去吃午餐。飯後無聊地在街邊溜溜，如果一定要說有甚麼目的，最多也不過是想浪費時間而已。

下午三點左右，再去白玲家。

白玲依舊是沒有回來。

我也沒有甚麼地方可去，於是就坐在客廳裏等待。

傍晚時分，白玲還未歸家。我實在等得不耐煩了，於是僱車至「新界」，在遊藝場吃了一點東西，然後到S歌台去聽歌，我相信白玲一定會來表演的，但是一直等到十點鐘，仍未見白玲出台。我是十分迷惘了，無法猜揣白玲究竟到甚麼地方去了。我急於要找出問題的答案，於是冒昧地走上後台，見到了高朗，問道，

「白玲沒有來？」

高朗愛理不理地答了一句，「沒有來。」

「你知道她到甚麼地方去了？」

「不知道。」

「今晚，她還會來嗎？」

「不知道。」

高朗的高傲態度使我十分不安，其實這「不安」大半還是因為得不到白玲的消息而引起的。

走出後台，我倒有點惘惘然，莫知所從了。

我決定再去白玲家，結果還是不在。

深夜十二點左右，我祇得廢然返家。

回到家裏，卻發現報館同事陳君在等我。

「回來了。」他說。

「嗯。」

「我等了你兩個鐘頭了。」

「有甚麼事嗎？」

「告訴你一個非常秘密的消息。」他的神色很緊張。

「甚麼消息？」

「報館決定明天宣告倒閉了。」

「會有這樣的事？」

「董事部今天下午召開緊急會議，社長要求董事部繼續捐出十萬元叻幣以資週轉，但董事們都表示無能為力。目前報館方面除了拖欠職工薪金達五萬元外，還欠了各通訊社、馬來亞航空公司、電版公司、銀行透支、紙行以及報車公司很多債務，這些債務如果不能在兩天內清理，報館非倒閉不可。」

「但是為甚麼明天就倒閉呢？」

「董事部恐防消息洩漏後，會激起職工們的公憤，所以與其讓債權人來封閉，不如提前宣告破產。」

「這個消息可靠嗎？」。

「是一位參加今午緊急會議的董事告訴我，不過，目前報館裏的同事還全都蒙在鼓裏。」

「我們應該立即去通知大家。」

「不成，這樣做一定會鬧出事情來的。」

「那末，你的意思？」

「我來找你的意思，祇是想叫你現在回報館去，馬上將你的私人文件取出來，否則明天報館倒閉了，這些東西必須到將來舉行拍賣時才可以拿得到。」

聽了這個不幸的消息，我是非常驚愕了。但由於辰光已不早，陳君不待我細加思索，便拉着我趕到報館去。

編輯部的同事們，大都已返家，祇有副總編輯在排字房裏拼版。另外有三位校對仍在看小樣。我當即將自己東西整理出來，一種說不出的悲哀使我想哭。

回到家裏，我有了一個失眠之夜，想起自己的處境，不禁泫然淚下。我突然想到非常地孤獨了，由於來星時日不多，朋友既少，而親戚則全無，精神上的空虛雖可怕，而現實的鞭子則更可怕，報館倒閉後，職業當然一時不易解決，而居留證亦因擔保人宣告破產而變成一個嚴重的問題。移民廳能繼續給我延長居留

張振銘去辦公時發現報館裏「氣壓」很低。

期？轉保是否可獲當局許可？凡此種種，皆使我為之惆悵不已。這突如其來的變化，顯然使我措手不及，再加上白玲給予我的情緒上的負擔，我實在想不出任何方法來掩飾心情的狼狽。

清晨起牀，未進早餐，即搭車赴報館。

報館果然大門緊鎖，門上貼着一張由董事經理簽字的通告，大意是說：報館因經濟週轉不靈而宣告結束業務。至於善後問題，則隻字未提。

事實已經擺在眼前，任何埋怨或追悔都是不必要的。

於是我再去找白玲。

白玲家裏沒有人，我敲了半天門，始終得不到裏面的回答。

鄰居有一位老太太，剛從「巴利」（註：即小菜場。）回來，看見我在敲門，便善意地告訴我：

「她們搬走了。」

「甚麼時候搬走？」

「天剛亮的時候。」

「搬到甚麼地方去了？」

「不知道。」

站在樓梯口，我久久發楞，覺得命運的繩索未免把我綁得太緊。

白玲究竟到甚麼地方去了？她為甚麼要對我不告而別？我會不會有甚麼事使她感到不愉快？她這樣做的潛在意識和作用何在？

這些問題像走馬燈一般，在我的腦海裏兜來兜去，我需要獲取情緒上的寧靜，即使是片刻也好，但是我卻連片刻的寧靜也得不到。

下午，我一個人到國泰戲院去看了一場電影，在黑暗中坐了兩小時。出來後，完全不知道剛才銀幕上放映的是甚麼。

晚上，我又去S歌台，仍舊見不到白玲。

十一點半回家，沖完涼，上牀就寢。

這一晚上，我的煙灰缸裏堆滿了煙蒂子。

7

自此以後，我一直沒有見到過白玲，也沒有聽到過任何關於她的消息。報館倒閉後，我變成一個失業者，為了解決生活問題，我不得不強自壓制不寧的情緒，開始撰寫一個中篇小說，售與一家出版機構，暫時拿稿酬來維持了一個時期。在這個時期中，我幾乎喪失了繼續生存的勇氣，前途茫茫，不知應該何適何從。

幸而這時候吉隆坡忽然有一家報館，派人來與我接洽，要我參加他們報館的工作，條件優越，而且還保證可以替我申請延長居留期間。對於這樣良好的機會，除了接受外，當然不可能再有第二個選擇了。

在吉隆坡的幾個月中，生活正常，心境也轉佳，但是對白玲的思慕始終未息。

有一次，「加影」（註：吉隆坡附近的一個小鎮）有一家商行為了慶祝十週年紀念，特備雞尾酒會招待各界，我也收到了一張請柬。我本來不想去的，但經不起同事們的慫恿，也就去了，好在那天晚上恰巧輪值我休息。

那是個相當熱鬧的酒會，有音樂、有舞池，有豐富的菜餚；也有上好的洋酒。來賓多極，遠道而來者亦不少，紳士淑女們皆在綠茵上，或喝酒、或談笑、或跳舞、或唱歌、鬢影履韻，應接如雲，且燈光和柔悅目，樂聲悠揚動聽，處身其間，可體會到一般營業性夜總會的情調。

酒過三巡後，音樂台上忽然出現了酒會的主人，在麥克風作了如下的一個報告：

「諸位來賓，現在要向大家報告一個好的消息：名歌星白玲小姐，將為諸位播唱一首『非常想念您』。」

白玲會來參加酒會？簡直無法相信。

但是不論我相信抑或不相信，白玲已經婷婷嫋嫋地走上了音樂台。她似乎比前些日子要消瘦些，那一對大眼睛依然委婉地充滿了希望，但是濃妝艷服卻掩飾不了內心的沉鬱，我開始聽一種低柔而飽含滄桑的歌聲：似訴似泣似嘆息。

曲終時，我毫無顧忌地走到她前面。

她用詫異的眼光瞧着我，久久發楞，連一句寒喧的話語都沒有。

樂隊開始演奏：「Kiss Me Again, Stranger。」

我說：「跳一隻舞罷？」」，

她毫無表示，我便拉她下舞池。

在悠揚的音樂聲中，我問她：

「為甚麼不讓我知道你的行蹤？」

她不出聲。

「為甚麼要離開星加坡？」

她不出聲。

「你怎麼會到加影來的？」

她不出聲。

「住在甚麼地方？」

她不出聲。

「這裏的情調有點像西濱園，是不是？」

她不出聲。

「記得這首歌嗎？」

她不出聲。

「你現在不再唱歌了？」

她不出聲。

「為甚麼不說話？」

她還是不出聲。

「是不是不想看見我？」

她的眼眶裏含着眼淚。

Kiss Me Again, Stranger已成尾聲，我告訴她自己的地址，希望她有空的時候打一個電話給我。曲終後，另一個來賓要求與白玲共舞，我祇好退回原座。

我頻頻凝視着她，但轉瞬間，她已不見。

酒會的情緒是熱烈的，然而我卻感到一陣驟然的陰冷，白玲的突然出現與突然失蹤，彷彿冥

張盤銘拉她下舞池。

冥中有人在巧妙地安排，心很煩，我向侍者要了一杯不放糖的咖啡。

8

兩日後，我接到一封信，很簡短，是白玲差人送來的：

「今晚十點半，我在『河邊花園』的竹叢茶檔等你。」

這封信雖然祇有寥寥幾個字，但給予我的興奮是最大的。在與白玲見面前，我似乎有很多的話要同她說，待到見面時，卻相對無言了。

我們坐在河邊的竹叢下，矮竹上掛着一盞昏黃不明的小油燈，遠處送來聲聲蛙鳴，天邊閃電時作，氣候悶熱，一絲風都沒有，然而附近的熱帶植物仍在發霰濃馥的清香。白玲叫了一碗「荔子雪」，我則叫了一碟炒粿條。

「你一定有許多話想問我？」她說。

「見了你的面，反倒無話可說了。」

她嫣然一笑，很媚。「讓我告訴你一個故事吧。」

「甚麼故事？」

「關於那隻戒指的故事。」

「你覺得現在是應該讓我知道的時候了？」

她瞟了我一眼，忸怩地垂下頭去啜吮「荔子雪」，然後慢條斯理地開始了她的敘述：

「太平洋戰爭爆發之後，我結識了一個男朋友，他的名字叫胡阿獅，是個碼頭估俚。當日軍從聯合邦一路打下來的時候，大家都很恐慌，祗有他一個人例外。記得他曾經對我說過：『日本人並不壞，等他們來了，我一定會發達的。』當時我聽了他的話，實在想不出他的用意何在？」

「後來他究竟有沒有發達呢？」我問。

白玲頓了一頓，繼續說道：「武吉智馬一役後，英軍敗退，星加坡被佔，全城陷入極度的恐怖中。有一天，胡阿獅忽然穿了一襲日本制服跑來看我，邀我出去看電影，在影院裏，他取出一隻鑽戒戴在我的無名指上，然後頗為得意地對我說：『是不是？我說我一定會發達的。』這時，我倒有點覺得畏葸了。」

「為甚麼？」

「這完全是一種下意識的作用。」她掏出一枝煙來，燃上火，深深地吸了一口，繼續說道：「看完電影出來，他帶我到一家酒吧間去，要我伴他喝酒，我不肯喝，他一定要我喝。結果我終於喝了，而且喝得酩酊大醉。」

「喝醉了？」

「是的，喝得很醉。第二天早晨醒來，我發現我一個人躺在加東的一間小旅館裏。」

「他呢？」

「他早就走了。」

「走到甚麼地方？」

「不知道。」

「你不是上當了？」

「我的童貞換來了一隻鑽戒。」

「後來有沒有再見到他？」

「沒有。」

「他到甚麼地方去了呢？」

「聯軍勝利後，聽說他逃入『大芭』（註：即森林。）去隱匿了。」

「以後呢？」

「十年來，音訊全無。」

白玲感喟地嘆息一聲，毫無疑問地，這是她深所引咎的往事，愴然於這汙穢的經驗，卻又不願意加以辯訴，我們輕描淡寫地加了一句：「因此，我變成了一個壞女人。」然後面露艷佚的笑容，蒙蒙昧昧地寬恕了自己，用美麗的本質去籲求宏深的恩澤，而使她顯得更美。這一種矛盾中取得的和諧最叫我中意。

「一個女人，」我說：「如果能夠自己知道壞；她也就不太壞了。」
「所以愛情是盲目的。」她笑了。
「愛情的統治者不是眼睛；而是心。」
「當你找到一顆純潔的心的時候，你就找到我了。」
「那樣的一顆心對我並不陌生。」
她沒有說話，祇是抬頭看天。天很低，烏雲靉靆，有閃，極燥熱，忽地吹來一陣狂風，矮竹互擊，發出急促的吱吱聲。地上吹起了落葉和塵土，雷聲大作，霎那間，四周的環境變換了另外一種面目，適才的溫柔代之以暴戾，雨就一滴大點兒繼一滴大點兒地往下掉了。
我付清賬，奔入汽車，搖上玻璃窗，窗外嘩啦嘩啦地變成傾盆大雨了。
白玲坐在我身傍，她的頭髮很潮濕，但她沒有用手絹去抹，她祇是睜大了眼睛凝視玻璃窗上的雨條，大家都不開口，一種緊張而不自然的空氣充滿在車廂裏。我下意識地伸手去撫摸她的秀髮，她含羞地側過臉來，驟然預感到一種違反道德水準的行為即將發生。索性閉上眼睛，讓我摟她，再吻她。
然後是片刻的寧靜。在甦醒時，也許彼此都有同樣的感覺：與其說這樣的行為是一種罪惡，毋寧說它是一種需求，
她透了一口氣，喃喃地說：「雨很大。」

「有點像我們第一次相見的情景。」

「熱帶的氣候總是這樣幻變難測的。」

「倒有點像你。」

「也許你已習慣了熱帶的氣候？」

「我對雨季有特殊的好感。」

白玲用戀慕的眼瞟了我一下，豎起身子，頭依偎在我的肩上。

我開動引擎，扭亮車前的燈，迂緩地將車子向雨中駛去。

她取出兩枝煙來，燃上火，遞給我一枝。

我吸了一口煙說，「關於你的過去，我不想知道其他的種種了，我倒有意知道你對未來的希望。」

「希望對於我是一種奢侈。」

「難道連最低限度的希望都沒有？」

「人若沒有希望就不能生存。」

「那麼能不能讓我知道你的？」

「所有風塵中的女子，都是有一個相同的願望。」

「歸宿？」

「那是一種俗氣的說法。」

「我無法理會你的意思。」

「在過去，我把自己當作男人們的洩慾器，獲得安全而毫無意義的生存條件後，我開始探索自然的真實，藉以爭取精神上的均衡。」

「我想你應該有一個屬於你自己的家了？」

她沒有回答我，用手指捏揉着衣角。

車子駛出「河邊花園，」轉向市區駛去。我問她：「是不是想回家？」

「這樣早，你睡得熟嗎？」她嬌嗔地反問我說。

「那麼到甚麼地方去？」

「到馬來巴剎去吃沙爹。」

十分鐘過後，我們抵達「馬來巴剎」，冒雨進入咖啡店，向門口的馬來小販要了一些羊肉沙爹。

白玲問我：「吃得慣嗎？」

「祇不過有一點好奇的，」我答。

「好奇心是十分危險的。」

「但是許多偉大的事業都是因為好奇心所驅而成功的。」

「男人們的情感，一到好奇心消失時，他們的情感也消失了。」

「你是說所有男人們的情感，全部建築在好奇心上？」

「我很怕愛上了這樣的男人。」

「你太缺乏冒險性了。」

她噗哧地笑起來，默認了一個事實，不再想用任何話語來征服我了。

從「馬來巴剎」出來，我送她回家，她住在安邦律一位女朋友張小姐的家裏。

「明天甚麼時候來看我？」她問。

「下午一點時候，請你到來歌梨城餐廳吃午餐。」

「又想看我割豬排的姿勢？」

我搖搖頭。「我的好奇心已經完全消失了。」然後一個字一個字地對她說：「但——但——我——想——送——一——隻——戒——指——給——你。」

9

從此我無形中解脫了精神苦悶枷鎖，徐步跨入嶄新的人生境界，一切都顯得那麼美好；那麼和諧，彷彿太陽底下已無醜惡的東西。其實，這樣的感覺祇是一種意念，包含着似夢的特質，十分靠不住。當現實剝去詩化的外層時，世界便露出牠的猙獰的面貌來了。

我和白玲的訂婚禮是在一間廣東酒家裏舉行的，來賓不太多，但也相當熱鬧。白玲的舊同事高朗恰巧也在這一天率領「巡迴歌劇團」來隆獻藝，看到了報紙上的訂婚啟事，特地趕來向我們道喜。白玲很興奮。

訂婚以後，我們的日子過得很愉快。白玲時常自謙地對我表示感激；我則認為這種感激應並不是單方面的，如果不是她，我未必能夠這樣迅速地從痛苦中掙脫出來。

有一天，我約定白玲在蒙巴頓律的cold storage飲下午茶。

白玲對於約會的時間素來很準，這一天，我們約定的時間是三點半，可是到了五點左右，她還是沒有來。我猜不出有甚麼事情會使她爽約，想走，又怕她遲到，於是打了一個電話給她的女朋友張小姐，詢問白玲有沒有在家；而對方的回答是：「白玲在吃中飯的時候便出去了，出去後到現在為止還沒有回家過。」

這時候，有一位報館的同事黃君進來了。

黃問我：「等誰？」

我直率地告訴他：「等白玲。」

黃立刻蹙起眉頭，為難地搔搔頭皮，然後期期艾艾地告訴我：「剛才我看見白玲同高朗在半山芭行街，樣子很親熱。」最後還加上了一句：「高朗的手搭在白玲肩上。」

聽了這番話後，我已無法再壓制自己的情緒了，我當即付了茶賬，匆匆趕返報館。

我不知道為甚麼要這樣做，但是我終於這樣做了。回到報館後，百無聊賴，取出書本來閱讀不了幾行便走開；扭開麗的呼聲，沒有聽完一隻歌便又關上，總之坐也不是，立也不安，最後則躺在安樂椅上，兩隻眼睛呆呆地望着天花板。

晚上，沒有吃飯就開始工作。

看完大樣，已是深夜一點鐘。我駕車回家時候，發現自己的情感已脆弱到極點，為了一件尚未明朗的事情，便煩惱得幾乎失去正常的理智。路上行人稀少，街燈暗澹，一切都顯得沉鬱，峇都律似已熟睡，兩旁店舖均已打烊，僅一兩家酒吧尚有爵士音樂傳出。我忽然有了飲酒的慾望，想找尋一個買醉的所在。我把車子停在路邊，剛欲下車時，竟看見白玲與高朗勾肩搭背地在人行道上行走。我立即回到車子的坐位上，從玻璃窗裏，靜觀他們的去向。

他們竟走入了一家旅店。

看完這一幕，我幾乎暈了過去，四肢無力，混身哆嗦，血液循環進行得非常迅速，情感戰勝了理智，使我衝動到極點。我頗想立刻走下車去，走入那家旅店，當場揭穿白玲的虛偽表面而暴露其醜惡的一面。

但是我沒有下車，相反她，我卻開動引擎，逕向怡保律寓所駛去。

同到家裏，百感叢生。愁腸百結，飲了一點酒，又吸了不少煙，躺在牀上輾轉不能入眠，獨自一個人在黑暗中苦思。

天亮了，我仍在抽煙。窗外吹來一陣可憎又可憐的骯髒氣息，憤然擲去煙蒂，一骨碌翻身下牀，拿了毛巾去沖涼。沖完涼，長街已有不少來來往往的行人，熱辣辣的陽光照得我心煩。我當即穿衣下樓，在街邊的咖啡店裏，喝一杯「紅荳冰」。

我打了一個電話給白玲，據阿嬸（註：女傭）說：「白小姐還沒有起身。」

於是我僱車到安邦律，時已八點鐘了，白玲還在熟睡。我堅欲阿嬸叫醒白玲，阿嬸說：「她回來得很遲。」我說道：「不要緊的，我有很重要的事要告訴她。」阿嬸見我神色緊張，祗好無可奈何地上樓去。

稍過些時，白玲懶洋洋地下樓來了，滿面倦容，睡眼惺忪，一邊走，一邊用手背掩蓋住嘴巴，連連打了幾個呵欠。

「這樣早，有甚麼事？」她問。

「不早了，很少人在這個時候還睡在牀上的。」

「昨晚我很遲才回來。」

「有甚麼重要的事嗎？」我故意用揶揄的口吻譏諷她。

她沉思俄頃，說：「沒有甚麼緊要的事，祗是給巡迴劇團幾個舊同事拉住了打麻將。」

「打麻將？」

她又打了一個呵欠，頷頷頭。

「從白天打起的？」

「晚上才開台。」

「那麼為甚麼讓我一個人在cold storage死等？」

「你不說，我倒忘記了，關於這件事我應該向你致最大的歉意，要不是因為魯舜敏與高朗吵架，我是絕對不會失約的。」

這番話出諸白玲之口，猶如一位優秀的話劇演員在背誦台詞，既熟練，又流利，但仍無法掩飾其矯作。

我對她開始生了厭惡。我說：「你是一個美麗的說謊者！」

「你不相信我的話？」她燃點一枝煙。

「我不相信你是一個壞女人。」

「但是你又說我是一個說謊者？」

「包着糖衣的侮辱是謊言。」

她垂下頭，開始尋思這句話的潛在意義，若有所悟了。她說：「然而我並沒有做過任何對不起你的事。」

我笑了，笑得有點歇斯底里：「這也是包着糖衣的侮辱，十分美麗，但有毒素。」

「我可以發誓。」

「沒有這樣做的必要。」

她顯得十分困惱，一連抽了好幾口煙，然後重重地將煙蒂撳熄在煙灰缸裏。「但不論你的想法如何，」她繼續說道：「我剛才所說的話全是善意的。」

「善意的？」我反問她：「難道說謊也是善意的？」

「我認為對瞭解我的人辯訴是多餘的。」

「對不瞭解你的人呢？」

「辯訴是不必要的。」

「話倒說得很輕鬆，然而我們之間的問題，卻並未因之而獲得解決。」

她頗表詫異地問：「我們之間有甚麼問題不能解決？」

「愛情是自私的。」我說：「我不能允許第三者介入。」

「你怎麼會有這樣古怪的想法呢？」

「一點也不古怪，因為這是我親眼看見的事實。」

「甚麼事實？」她的臉色突呈蒼白。

「別再說謊了，」我厲聲厲氣地對她說：「讓我坦白告訴你吧：昨天下午你同高朗在半山芭拍拖！」

她對我投了一個久久沉思而帶矯飾的注視，並不感到窘迫，似乎全然是漠不關心的樣子，那麼穩重，那麼寬恕，既不惱怒；也不羞赧，具有一種我所不能體會的幽默感。

我倒不免感到恍惚和難受起來了，於是我繼續說：「也許我對你太誠懇，太真摯，但是無論如何都想不到你會用猥褻狎昵的行動來答覆

「明天什麼時候來看我？」她問。

我。」

她聳聳肩，表情呆板，臉上呈露着奇異的懶散，看起來有點像畫家用鉛筆勾的素描，還沒加上色彩。我不禁為她的冷靜而驚駭不值。

「我要求你即刻給我一個明斷而適當的答覆！」說這話時，我自己倒是面紅耳赤了。

她則溫柔容忍地笑瞇瞇：「我不知道你說些甚麼？」

「別假裝！」我正了正臉色：「昨天晚上你同高朗在開房間，不要臉！」

我說得汗流夾背；她依舊若無其事，衹是輕輕瞟了我一眼，佯嗔薄怒地：「你的猜忌太倔強。」

「這不是猜忌，這是我親眼看見的！」

「親眼看見又怎樣？」她光火了。

「你，你——」我幾乎委屈得說不出話來。

「我怎麼樣？」

「你……你也未免太低賤了！」

她挺起身子，頸項一扭，撇撇嘴，沒好聲氣地叱喝道：「我本來就是賤貨，你早該知道了！怪你自己瞎了眼睛，連黑的白的都分不清！不錯，昨天晚上，我是同高朗開房間，你愛怎辦就怎辦好了。」

接着她就發出一連串癡笑。

我已忍無可忍，立刻憤懣地走了出來。走到門口，忽然感到一陣眩暈，闔上眼，用右手撐着牆，定了定神，一會兒又甦醒了。

我衷心希望剛才的種種是一場夢，但又不是夢，心如刀割。

10

此後，白玲與我在表面上已「分手」。她沒有再打過電話給我；也沒有來看過我一次。而我呢？雖然有着倔強的憎恨和拘謹的精神，既不去看她；也不打電話給她，但酒與荒唐都不能阻止我對她的思念。現代人的心理總是非常矛盾的。一面是愛；一面是恨，無法在兩者之間求得分野。我開始渡着豪華的生活，任意揮霍，目的無非想給情感找一條出路，但結果是因為「玩」得太離譜，驟然對一切繁華感的事物發生了厭惡，心靈空虛到極點，因此靜下來讀了一本潑魯士特寫的《尋覓失去的時光》。

那已經是一星期以後的事，某日下午，我正在讀《尋覓失去的時光》，白玲忽然遣人送來了一封信。

「盤銘：

經過多日的考慮，我決定寫這封信給你。

你是一個性格非常倔強的人，我也是一個性格非常倔強的人，這一個共通點，不僅無益於我們預擬的計劃；而且對我們的將來必定有害。

記得我曾經一再地對你說：『我是一個壞女人』，你總不肯相信，而事實上，我是任性慣了的，由於任性，今日便會招來當然的報應。

關於高朗，我願意坦白地告訴你：過去有一個時期，我的確和他很接近，但是現在祇剩下一點普通友誼了。如果你一定要把這些也視作包着糖衣的侮辱的話，那麼當然又是我在說謊了。

自從認識你之後，我的性格有轉成剛強的傾向，但內心的情感依然脆弱得可憐，經不起風吹雨淋，一下子便枯萎得不再能夠抬頭。人非草木，孰能無情，想起往事，我祇有感慨。現在我已決定向你提出解除婚約的要求，因為我們彼此既存芥蒂，即使勉強結合，也是決無幸福可言的。

希望你在不久的將來找得新戀人，千萬別再重蹈覆轍。你不必來看我，因為當你看到這封書時，我已離開吉隆坡。

把我忘記了吧。祝你幸福

白玲

又及：附奉解除婚姻的啟事一紙，我已經簽一個名在上面，刊登於紙上。」

讀完這封信，覺得事情的發展太突然，一切問題尚未獲得合理的解釋，即已遽下結論，我有點不甘願。

我立即趕到安邦律。

白玲的女朋友告訴我：「白玲已經離開吉隆坡了。」

「甚麼時候離開的？」

「今天早晨。」

「坐火車？」

「不是。她是搭乘飛機走的。」

「到甚麼地方？」

「不知道。」

「我堅信你不會不知道的，請你告訴我。」

「實在不知道。」

「請你告訴我罷，我一定要找到她。」

「為甚麼？」

「為了減輕情感上的負擔。」

「雖然我是局外人，但是我認為你還是不要去找她的好，因為她在臨走前曾經對我說過：她這一輩子再也不想再見到你了。」

「她真的這樣說嗎？」

「我是一個不喜歡搬弄是非的女人。」

談話至此，我祇有懷着滿腔失望，廢然而返了。我跌入了陰暗的深阱，悔恨交集，在無可奈何中增加了不少困惑，希望失去憑藉，縱然生存慾仍強，但對生命似乎已無所企求。

同到報館，我將白玲擬的「啟事」稿，簽上名，交給廣告課的職員。消息傳開後，同事們紛紛前來詢問，我卻鉗口不語，僅以苦笑作答。不過我內心倒未必是那麼泰然的，對於白玲那種草率怠慢的行動，我已恨到了極點。我常常自言自語：「愛上一個對操節非常隨便的女人，是一種不幸。」

我開始承認白玲是一個壞女人，亟力設法將她忘記。我可憐自己，責怪自己，不應該在一齣莫須有的鬧劇裏串演丑角，而弄得苦楚萬狀。

這以後，我一直過着了一種慘澹無慰藉的日子，變成了寂寞的囚犯，將情感禁錮在真空裏，渾然忘記時間的計算。

在這個時期中，我開始集郵。

在這個時期中，我常常到酒吧間去買醉。

在這個時期中，我忽然喜歡看馬甸與路易主演的滑稽片了。

在這個時期中，我買過了不少塵封的古典唱片。

在這個時期中，我變成叔本華的同志。

在這個時期中，我閱讀許多海敏威的小說。在現代作家群中，對於原始情感的探求，毫無疑問地將以海敏威所作的努力最為澈底。海敏威的筆是粗野而暴戾的，他無情地譴責了現代女性的喪失「女人天性」。然而我不太喜歡《喪鐘為誰敲》這部書，因為瑪麗亞是個好女人。

我承認在這個時期中對女性的看法多少有些變態，那樣毫不保留地否定了愛情的存在，實在天真得有如小孩子吃不到糖而說糖會蛀牙。

而事實上，在這個時期中，我還是常常想到白玲。但是這些思念大都屬於偶然性的，並無積極的意義，有時也會傷感，有時則覺頗為可笑，日子一久，印象漸漸淡了，便不再像過去那麼認真了。

有一天早晨，偶然打開了星加坡的報紙，在「本坡新聞版」的下面，看到了白玲重返歌台的廣告，鉛字很大，顯然她還有叫座力。

最初看到這則廣告後，情感上不免掀起些微波折，一種直覺的衝動使我產生了到星加坡去看她一次的念頭，可是這個念頭並不持久，我認為過去的事就應該讓它自然地過去，何況她也不一定願意見我。

從此，我對白玲的思念越來越淡，一直到我結識了另外一位女朋友後，我幾乎把白玲完全遺忘了。

那位女朋友姓黃，名水蓮，在一家宣傳機構的圖書館裏任職員。二十三四歲，沉默寡言，說話時總是未開口即帶點羞怯。

我和她的相識是頗為偶然的：有一次，為了想找幾本達芬・莫里哀的小說，我特地趕到圖書館去。在進門處的詢問桌邊，坐着一位態度文靜的小姐，夏賓式的頭髮，眼睛很大。她就是黃水蓮。

「我想向貴處借幾本達芬・莫里哀的小說。」我說。

她翻了翻圖書目錄，答：「很抱歉，我們這裏祗有兩本莫里哀的著作。」

「有沒有《芽買加旅店》和《饑餓山》？」

她微蹙眉尖說：「都沒有，祗有《蘋菓樹》和《蝴蝶夢》。而且《蝴蝶夢》是中譯本，我相信你一定讀過的；不過《蘋菓樹》倒是剛剛出版不久的短篇小說集。」

「兩本都要借。」我說。

「《蝴蝶夢》也要？」

「雖然已經看過了，然而這是一本百看不厭的小說。」

她微微作笑，說：「我也有同感。」便走進藏書室去取書。

然後她拿了書出來，替我在借書證上蓋了日期，很有禮貌地把書交給我。

「謝謝你！」我說。

她用英文答了一句：「You are welcome!」，我覺得她的英文發音很甜。

一星期過後，我到圖書館去還書，在「蘋菓樹」的借書證上，夾了這樣的一張便條：

「蝴蝶夢又在歌梨城戲院重映了，這是一齣百看不厭的好戲，下午六時半，我在戲院門口等你。」

她看完了這張便條，臉上立刻泛起了一陣紅暈，羞慚地低下頭去，不說「可」；也不說「否」。

下午六時半，她居然來了。

我非常高興，當即買了票走進院子。在黑暗中，她低聲對我說：「這個戲，我已經看過兩遍了。」

從此我們就時常在一起遊樂。

我發現她是一個溫柔體貼的女孩子，讀過不少書，雖然博而不精，但在她的品性上已經起了很大的作用。

為了她的關係，不僅我的輕微變態症恢復了正常，同時對白玲的怨懟也隨之平息。

黃水蓮給予我一個新生的機會，使我在心情上不再感到狼狽。

然而在這個時候，我又聽到了關於白玲脫離歌台的消息。

根據我的猜想，白玲的再度放棄歌唱生涯可能是因為有了新戀人；後來看到一張小報上的記載，才知道了白玲脫離歌台的主要原因是：「倒嗓」。

11

白玲「倒嗓」以後的情形，我一無所知。有一次，我伴黃水蓮到「惠羅公司」樓上的咖啡室去飲下午茶，恰巧遇見了白玲的那位女朋友，作了一番寒暄之後，我問她：

「聽說白玲倒嗓了？」

「因為喝多了酒。」

「生活的境遇如何？」

「相當苦，前些日子我還匯了一筆錢給她，但是物質上的困難倒不難克服，祇是——現在的白玲已經不是從前的白玲了。」

「有甚麼不同呢？」

「她變得非常放浪不羈，整日酗酒賭錢，喝醉了要發脾氣；賭輸了也發脾氣，健康情形太差了，時常病倒，然而又不肯去醫治，據我看來，她的精神已經瀕臨崩潰的階段，長此以往，其結果實不堪設想了。」

「站在朋友的地位，你應該寫封信去勸勸她。」

「她怎麼會聽我的勸告呢？」

「我想，」她支吾了一陣，然後說道：「如果你肯寫封信給她，也許會有效。」

對於這個建議，我的答覆十分肯定：「還是不寫的好。」

「至少你仍舊是她的朋友。」

「我從來就不相信帕拉圖友誼這回事。」

「你還恨她？」

「過去我恨她，因為我愛她；現在我已經不愛她了，所以也不恨她。」

她沉默着，從手提袋裏取出一枝筆和一張白紙來，寫了幾行字後對我說：「這是白玲目前的地址。」

黃水蓮勸張盤銘寫封信給白玲。

「這個，我留着也沒有用。」

「你再考慮考慮，最好你能寫封信給她。你要知道，白玲在本質上並不是一個壞女人！」

說罷，她站起身來走了。

黃水蓮好奇地問我：「究竟是怎麼一回事呢？」

黃水蓮是一個非常「女性」的女性，聽了我的「故事」後，竟爾潸淚垂頰了。她認為：

「這是白玲最需要溫暖的時候。」

「你的意思是——」我反問她。

「應該寫封信給她。」

「我不是超人。」

「寬恕是最有價值的禮物。」她說。

「白玲未必需要我的寬恕。」

「寬恕是『給』的問題；而不是『受』的問題。受不受是她的事；給不給是你的事。」

「我認為還是不寫的好。」

「但是每一棵樹木都需要陽光與雨露，特別是那些枯萎的樹木。」

黃水蓮是個十分有理性的女人，對於我過去的纏綿因緣，不但不加譴責；抑且寄予無限的同情，實在難能可貴。由於她的慫恿，我在當晚就寫了一封信給白玲，信裏面有這樣的幾句話：

「……寫這封信給你，祇想減輕自己在情感上的負擔，並無其他目的。今天在惠羅公司飲下午茶，遇見了你的朋友張小姐，才知道了一點關於你的近況。……人生不如意事常八九，但逆境則可使人獲致成功；『失意』未必是件壞事，它是爬上『幸福之境』的梯子。你是一個聰明的女人，朦朧於小事固不足患，倘對整個人生不加伺察，實有百害而無一利。人生本身雖無意義；亦無目的，誠如法國有一位作家所說：『每一個人仍應從其時代背境及人與人之間的關係中，發掘他自己的生命目的和意義；人是自由的，但如果他運用這種自由逃避現實，則祇有導致自身的毀滅。』……你目前頹廢態度，除了無法忍受現實處境的叛變之外，並不能找出第二個解釋。……過去，恕我坦白地指出：你把愛情當作賭注，落了個統盤全輸，因此精神趨向崩潰，情感宣告破產；然而這不是絕對無望，倘若你肯對自己稍為約束一些，則不難與環境獲取協調。……酗酒縱慾不能解決問題，你應該有足夠的勇氣去反抗麻醉，而讓自己清醒地站起來。……」

這封信充滿了「說教」的味道，雖然未免過分直率，但都是真情實話，絲毫沒有矯飾，我希望它能給白玲發生一種啟示作用。

信寄出後，始終未獲白玲覆信。

我想不出白玲不覆信的理由，也許她因為遷移地址沒有收到我的信，也許她收到信後未加拆開便丟掉，也許她根本就不同意我的看法，也許她不能接受這咄咄逼人的語氣，也許她已麻木不仁，也許她依舊恨我。

約摸在一個月過後，有一位朋友自星加坡來隆，偶然談起白玲，他說：「白玲倒嗓後，無法在歌台立足，現在聽說已經改做地下舞女了。」

關於她的處世態度，那位朋友頗表惋惜地搖搖頭：「很亂，生活毫無規律，成天喝酒賭錢，把阿飛型的男人當作愛情的戰利品。有人說：她是男人的玩物；但也有人說：她專事玩弄男性，究竟誰玩誰，連她自己都弄不清楚，總之，由於心理上不能獲得一個美好完善的發展，她的不平衡的的精神生活，使她眩目於物質享受的誘惑，因此形成了變態。」

這樣的刻繪使我連白玲的影子都找不到，往事如煙，記憶中祗有一片朦朧，而且朦朧得看不見一絲光芒。白玲究竟變成甚麼樣子了？

又過了一個時期，白玲忽變成了「新聞人物」，星加坡出版的小報幾乎每一張都有關於她的記載。

其中有一家的報導是這樣的：

「本坡聞僑陳大目氏，膠業巨子也，自國際局勢急轉直下之後，以長袖喜舞，故生意鼎盛，利潤豐厚，據樹膠界可靠方面透露，陳氏曾於一夕間，獲利百萬之巨。其眼光之銳利，儕輩側目。月前，陳氏於某場合中，經友人介紹，結識『過氣歌星』白玲，悅其秀麗，遂時相邀宴，過從甚密。事為陳氏大婦所知悉，憤妒交集，乃酗然赴白玲處興師問罪，一言不合，便即舉手毆打，並口出惡詞，謂白玲出賣色相，誘騙其夫錢財；而白玲則自知理屈，鉗口不語，事遂寢。聞白玲自脫離歌台後，一度改業地下舞女，行為浪漫，且揮霍成性，或有斬獲，即倒貼小白臉，識者惜之。記者日昨走訪白姝，請佢就此事發表談話，白坦然承認：「他愛俏，我愛鈔何足怪哉！」詢以是否將訴諸法律，彼稱：「並無此項意圖。」記者又問：「此後將重作馮婦否？」白姝笑謂：「連我自己都不知道。」

從這一段新聞中，不難看出記者所報導的不過一些浮面的事實，真正的內幕想來一定要複雜得多。白玲與陳大目間的曖昧關係，並不始自「友人介紹」，這是我最初認識白玲時便知道。就我記憶所及，陳大目曾因盜用公款而囚於囹圄，事隔數月，竟以「膠業巨子」出現於華僑社會，這當然應該歸助於那次白玲的「資助」；如果我的猜測不錯的話，那麼大目

白玲喝醉了酒與另外一個酒吧女郎打架。

嫂此次的「興師問罪」便無異於「以怨報德」了。社會人仕對白玲的誹議，至少我是不願意接受的。

所以在黃水蓮談論這件事的時候，我說：「白玲對肉慾的無限放縱，未必能說明她是一個壞女人。由於太殘酷，她企圖用縱慾來解脫自己精神上的桎梏，結果卻弄壞了正常情感的發育；但是從另外一個角度來看，她那種無我利他的自覺，包含着生命最終極的昇華作用，淫蕩並不能毀滅她內在的純美。」

水蓮沒有表示意見，祇見微笑作答覆。

我說：「古老的傳統觀念，對白玲太不公允了。」

水蓮依舊微笑，淡淡地說了一句：「我想，你還是愛着她的。」

「我沒有勇氣承認你的看法。」

「恐怕你沒有勇氣否認我的看法罷？」

12

水蓮一再慫恿我到星加坡去看一次白玲，她的理由是：「為了求取精神上的均衡。」但是我卻一直表示沒有這樣做的必要。水蓮說：「不必這樣避之若浼，猶如修道女一般連美麗的景物都不敢正視，祇怕動了自己的心弦，結果就墜入另一個陷阱去了。」

事實上，在此後的那些日子裏，我的確墜入了另一個陷阱，冥冥中被一根情感的繩索困住了，心境極沉鬱，無法使動盪不安的情緒穩定。水蓮的殷誠和謙虛使我越發煩惱，而白玲的影子則一直在我腦海裏縈迴，這也許是一種病態，整日祇聽見一顆熟悉的心在作陌生地跳動。

我對白玲的懷念，一天比一天殷切。

祇要有關白玲的消息，不論是真實的，或者是虛構的，都能給我一種下意識的慰藉。

可是，在這個時候，我忽然聽到了一個不幸的消息，就是白玲自甘墮落，竟改業「酒吧女郎」，常常與外國水兵廝混在一起，私生活荒唐到極點。

我非常生氣。

但是更壞的消息卻繼續不斷地傳來：起先是白玲喝醉了酒與另外一個酒吧女郎打架，被抓入了馬打樓；繼而白玲在「史丹福律」一帶操醜業；後則說白玲已染上了芙蓉癖，有人曾經在「牛車水」（註：星加坡地名）的煙館裏見到了她。

我打了一個電話給白玲的女朋友，問她有沒有聽到過這些消息。張小姐的回答很簡單：「不用提啦！」

從此我再也聽不到任何關於白玲的消息了，甚至連小報亦不再刊載白玲的新聞。

有一天，高朗又率領一班歌舞團來隆獻藝，照例到報館裏來「拜客」。

我對高朗的為人素來不大喜歡，但是他既然特地來看我，我也不便拒絕接見他。

經過一番虛偽的客套後，高朗對於白玲和我的解除婚約，極表遺憾。

「你也會感到遺憾嗎？」我故意用譏諷的口吻問他。

他卻十分有禮貌地答：「如果不是因為婚約的解除，相信白玲斷不至於弄到這般田地。」

「你知道我們為甚麼要解除婚約？」

「我恰巧也想問你。」他說。

「難道連你也不知道嗎？」

「我？」他顯得十分詫驚。

彼此沉默。他用奇異的眼光對我發楞，由於他面部上的表情，使我意識到事情有點蹊蹺，因此，我便追問了一句：「真的連你自己也不知道嗎？」

高朗更吃驚了：「實在一點都不知道。」

我沉默一陣，覺得此刻是應該讓高朗明瞭事情經過的適當時候了。我說：「這件事與你頗有關係。」

「與我有關係？」高朗臉白如紙。

「聽說，」我遞了一枝煙給他。繼續說道：「有一個時期你同白玲曾經相戀過，這是白玲自己告訴我的。」

「那是很久以前的事了。」他抽了一口煙：「其實這件事與外間所傳說的完全不同，白玲從來沒有愛過我，祇是我自己在自作多情而已。」

「事情就是這麼簡單？」

高朗肯定地的頷頷首說：「事情就是這麼簡單。」

「我想未必見得罷？」

「實在不能瞭解你的意思。」

我苦笑着，突然感到喉頭一陣哽塞，想說的話終於嚥下肚去。我卻換了另一種語調說：「反正事情已經過去了，提它也是無補於事的。」

「我實在不懂，請你說出來吧。」

我想了一想，然後嚴肅地問他：「上次你來吉隆坡時，你與白玲間的過從還是很密切？」

他用眼珠瞟了一下天花板：「沒有，絕對沒有，那時候我們祇有普通友誼，如果你不相信，我可以對天發誓……」

「不必發誓。」

他頗感困惑地問：「你怎這會有這樣的懷疑呢？」

「這不是懷疑。」我說。

「相信你一定弄錯了？」

「我親眼看見的，怎麼會錯。」

「你看見些甚麼？」

我躊躇了一下，然後非常有把握地說：「我看見你與白玲走進峇都律的一家旅館去開房間，而且已經是深夜過後了。」

聽了我的話，他驀地噗哧一聲。狂笑起來，笑得我莫名其妙。

當他斂住笑容後，高朗幾乎用一種有韻律的音調向我敘述事情的經過：

「那天下午，白玲到遊藝場來看我們，沒有任何目的，祇是一種友誼的拜訪。因為我們團體裏有不少是她過去的同事。她來時，我正與魯舜敏在吵架。魯舜敏現在是我的太太了，那時候我們尚在熱戀階段。她是一個非常可愛而氣量很狹的女人，當時為了一齣戲的角色分配，同我鬧得天翻地覆，而且恫言要辭職不幹。白玲見了這種情形，便將我拉到外邊，好讓大家獲得一個冷靜的機會。」

「那是幾點鐘的事？」

「大概是下午兩點鐘左右。」

「你們到甚麼地方去了呢？」

「白玲伴我到半山芭的一間酒家去喝酒。」

「為甚麼要喝酒呢？」

「白玲本來邀我去喝茶，我則一定要喝酒，結果卻是喝醉了，白玲便扶着我回去，回到遊藝場，魯舜敏走了，走到甚麼地方，無人知曉。」

「後來呢？」

「白玲說另有約會要先走了，但是同事們不肯讓她走，因為萬一魯舜敏不回來，晚上少了一個角色，戲就演不了，所以大家的意思最好等魯舜敏回來了再走。否則祇可以請白玲替代一晚了。白玲覺得情面難卻，也就答應了下來。於是開始排戲，白玲也參加。到了晚上，魯舜敏仍未返，白玲就代她出場。散戲後，我要到遊藝場對面的酒吧間飲酒，白玲不放心，堅欲陪我一起去，結果我又喝醉了，白玲送我回家——那時候我寄宿在峇都律那家飯館裏。」

聽了一番話，使我目瞪口呆了，我開始失悔於當時的莽撞，以致鑄成大錯，深切的內疚煎熬着我，有如烈火在心中燃燒。

高朗繼續說道：「記得白玲還搾了一杯柑汁給我飲，我頻頻嘔吐，她則像護士一般待在側邊，直到我有點清醒時，她始離開旅館。」

「原來是這樣的。」我迷惘地自語，接着便是片刻受驚的間歇，闔上眼睛，想狂喊，卻嚥下了一口唾沫，然後張開眼來，大大地受了感動，說是悲哀，倒也有點像悔恨。

高朗站起身來與我握手：「今晚如果有空的話請來看戲。」

我緊緊握住他的手，熱情奔放地對他說道：「應該向你道歉。」

「別那麼說！今晚來看戲。」
「好的，如果我有空的話。」
我希望能夠立即獲得白玲的寬恕。
他走後，我立即打了一個電話給水蓮，約她到「河邊花園」去喝茶。當我把高朗的談話告訴她時，她也感到錯愕，半晌過後，她說：
「現在你一定有一種良知上的焦慮？」
「過去你曾經勸我寬恕她，現在應該是我求她寬恕的時候了。」
「不必譴責自己。」
「除此以外，我想不出第二個辦法可以結束痛苦。」
「如果你有足夠的勇氣，應該立刻到星加坡去一次。」
「去求取她的寬恕？」我問。
她遲疑了一下，終於堅定地答：「把溫暖當作禮物送給她。」
大家好半響默默無言。
黃昏發霞着奇麗多變的顏色，東一塊紅的，西一塊紫的，襯在小丘背後，像畫家筆底下的潑墨，有一種無比的華美。微風飄來，清香撲鼻。孩子們在草地上玩弄皮球，一不留神，球跌落入河中，打破了如鏡的河面，於是蛙鼓驟起。剎那間，落日將燥熱送向昏黑，星星開始含羞夾眼，一切顯得那麼純化，又那麼美化，想起那晚狂風暴雨的情景，陡興恍若隔世之感，我有太多的惆悵。

「為了使另一個女子獲得溫暖，你進入了忘我的境界。」

水蓮用手掠了掠被風吹散在額前亂髮，睜大了眼睛，彷彿在細細尋味我的話語，那模樣是十分惹人疼愛的。她是一個不大願意讓別人看透她心事的女性，有勇氣接受委屈；也有勇氣忘記自我。

「今晚就去？」她低聲問。

「倘若報館准我請假的話，我想今晚就要去了。」

水蓮垂着頭，那一撮亂髮又被風吹散在額前：「送我回家去罷？」

我沒有站起來。我祗是淡淡地叫了她一聲：

「嗯。」

「此刻你一定有一種無法形容的感覺？」

「甚麼感覺？」

「一種說不出的感覺。」

「你怎麼會知道？」

「因為我也有這一種感覺。」

又沉默了一陣。

她驀地站起身來說：「回去吧。」我發現她的眼眶有點紅。

13

送水蓮回家後，我立即趕返報館，偽造了一個理由向社長請假，社長居然照准。

然後打了一個電話給張小姐，問她白玲現住何處？在那一家酒吧做工？

張小姐答：「住在甚麼地方，我不大清楚，只是聽說她在東陵區的一家M酒吧做工。」

掛斷電話，收拾了一些隨身用品，便驅車到火車站，買了一張冷氣鋪票和幾本新出版的美國雜誌，從地道走到對面月台，搭上「星隆夜郵車」，在八點四十五分離開吉隆坡。

這一晚，我在車上輾轉不能入眠，不知道是車輪的轔轔聲使我感到納悶呢？抑且紊亂的思潮驚擾得我心神不定？

翌晨八點鐘，車抵星加坡。下車後，我僱了一輛得士去到惹蘭勿刹，在一家旅館開了一個房間，沖涼，吃早點，略事休息後，便到從前張小姐給我的地址去找白玲，據房東太太告訴我：白玲早就搬走了。搬到甚麼地方，她不知道。然後我又打了幾個電話給報館的朋友，詢問白玲究竟在那一間酒吧做工，我的舊同事陳君證實她在東陵區的M酒吧。

下午四點鐘，我終於找到了M酒吧。

那是一個瀰漫着煙霧的酒吧，有冷氣，燈光十分黯澹，進門處置着一架大型的點唱機。正在嘩啦嘩啦地播送搖擺音樂，兩個洋水兵相互擁抱着跳搖擺舞。左邊一排酒櫃。陳列着各色各種洋酒，四五個酒漢坐在高腳椅上，或獨自傾飲，或彼此聊天，或與酒吧女郎打情罵俏，笑得毫無理性，且甚猥褻。右邊一排卡位，每一個卡位都掛有帳幔，「必要」時可以隨手拉攏，不讓外邊的人能看到裏面的動靜。房子中間置着十幾個小圓檯。此刻已坐着不少酒客，有的在唱Auld Lrng Syne，有的則已爛醉如泥，仰着頭昏昏睡去。鼾聲大作，卻無人理睬。整個酒吧，煙霧氤氳，空氣混濁，且人聲嘈雜，一切都顯得十分零亂，置身其間，立即可以體會到世紀末的頹廢意識，誰也辨別不出庸俗高雅，美麗與醜惡，白晝與黑夜，現實與夢幻。

我揀了最後一個卡位坐下，向酒吧女郎要了一瓶「烏啤」。

我用眼睛搜尋白玲，但找不到她。然後我用閒散的逸致去看牆上的陳設和粉飾。發現了一把塵封的古劍，一襲古代戰士的盔甲，幾張很大很大撲克牌和一幅油畫用荒誕的筆觸繪了一個肥胖的裸女。

對於這些陳設，我倒十分神往了，我喜歡這種北歐式的鄉村風味，因此聯想到店主的「趣味」原來也不是十分低級的。

「可能他也是一個酒徒。」我下意識地自語。

一個酒吧女郎含笑盈盈地走過來了，一屁股坐在我的對面，伸手替我斟酒，爹聲爹氣地問：

「你一定失戀了？」

我搖搖頭。

「賭馬輸了錢？」

我搖搖頭。

「做過一樁不可告人的事？」

我搖搖頭。

「但是，你眼睛裏沒有酒的味道。」她茫然噴了一口煙：「今天是第一次來罷？」

「是的。」我答。

「想找一些刺激？」她問。

「想找一個人。」

「找誰？」

我一口將酒杯裏的烏啤呷盡，然後用舌尖舐去唇邊的白沫，答道：「找白玲。」

張盤銘向社長請假，居然照准。

她看了看手腕上的錶：「現在應該是她上班的時候了。」

「還沒有來？」

「我想就要來了。」

她見我酒杯已空，順手又替我斟滿了一杯，然後提起了空瓶起來：「我就替你再去拿一瓶來吧。」

就在這個時候，門外走進來一個女人，白玲。

她給我的「第一感」是比從前憔悴得多了：枯槁的容顏，眼睛深陷，顴骨很高，搽着濃艷的胭脂，用人工的風騷掩飾臉上的滄桑痕跡，瘦伶伶的身段，穿着一套大紅花的衫褲，走起路來有一種厭世老妓的風度，那楚楚憐人的模樣，使我錯愕良久，想不到在短短幾個月當中，殘酷的現實竟會將她折磨成這個樣子。

當她走近我身邊時。我立刻站起身來，叫了一聲：「白玲！」

白玲站停了，側過頭來對我一瞟，絲毫沒有感到詫愕。

「請坐下。」我用懇求的語氣說。

她坐下了，態度頹廢，抿着嘴，一句話都不說。

「首先，」我說：

「我應該鄭重向你道歉。」

「為甚麼？」她淡淡地問。

「昨天我在吉隆坡遇見高朗，我們有過一次非常懇切的談話。關於那一次的誤會。以及它的後果，完全是我一個人造成的。」

「我不懂你在講些甚麼？」

「如果不是因為我莽撞，事情決不至於弄得這麼糟，我希望獲得你的寬恕。」

白玲祇是頻頻向鄰桌的外國人點首招手，對於我的話語似乎一點都不注意。

「你肯原諒我嗎？」

「原諒甚麼？」

「為了慾贖我的過失，我願意幫助你脫離這火坑。」

白玲忽然發出癡笑，祇是曖昧地答了一句：「這是火坑！」便前俯後仰地笑個不停，但是在這近乎恐怖的笑聲裏面，即隱蔽着一種淡淡的憤懟。

「這種生活祇會叫一個人墮落。」

聽了這句話，她陡地站起來，走到鄰桌去，和那外國人打情罵俏。她極力地裝出跡近下流的諂媚來，使我非常看不慣。

我喝了好幾杯酒。

十數分鐘過後，我叫一個酒吧女郎請白玲再過來坐下。

白玲又過來了，依舊毫無表情。

「我知道你已受夠了委屈，」我說：「如果你肯寬恕我，讓我幫助你獲得新生罷？」

「你很天真。」白玲裂着嘴吸煙，眼珠盯在天花板上。

「憎恨解決不了問題。」

「我誰都不恨，」她說：「同時也沒有甚麼問題。」

「這就是一種自欺欺人的想法吧。」

她冷笑。

我舉杯一口呷盡。

「再喝一瓶？」她問我。

「好的，請拿兩個酒杯來。」

酒來了，她替我斟了一杯，也替自己斟了一杯。

就在這個時候，門外走進來了白玲。

「祝你健康！」我舉杯，一口飲盡。

「祝你幸福！」她舉杯，一口飲盡。

這時候，有人投了兩角銀幣在點唱機裏。恰巧奏的是：Kiss me again, Stranger。

「記得這首歌嗎？」我問。

「不記得。」她斷然回答。

「酒和煙已經使你的記憶也麻醉了。」

她漫不經心地「哼」了一聲。

「你總應該還記得我們曾經訂過婚？」

「我祇記得我們的婚約已經解除。」

「這是我的錯。」

「不是你的錯；也是我的錯。」她忽然啣了眼淚，憤恚地舉起杯來傾飲，飲盡後又發癡笑，笑得有點跋扈，繼爾斂住笑容。用一種枯澀的聲調問我：「假使你沒有別的話想說，我要過去陪其他的顧客了。」

「今晚你有空嗎？」我問。

「我同那位西人已經約好了，直落亞逸海邊去吃風。」

「明天呢？」

「這裏是火坑，我希望你明天不必來了。」

「我要把你從火坑裏救出來。」

她笑了：「說不定你會被我拉入火坑的。」

「同你在一起，」我說：「即使是火坑也有可能變成樂園。」

「你有一張牧師的嘴和一個慈善家的心腸。」

「為了你，我可以犧牲一切。」

「時至今日，我開始發現你是一個非常有趣的人物。」

她站起來，正欲邁步時，我問她：「明天再來看你，好不好？」

「這裏是領有了執照的酒吧，誰都可以進來。」

她撇撇嘴，走到鄰桌去了。

我坐着無聊，付了酒賬，也就走出酒吧，臨走時，她問我住在甚麼地方，我寫了一張地址給她。

在路上，我為白玲的「轉變」感到畏懾，心底掀起一陣無名的惆悵，不知應該如何是好。白玲顯然已瀕臨絕境，整日沉湎煙酒，不但沒有趨向積極的意志；抑且越出了常軌，用病態的人生觀來破壞自己心理上的和諧，頹唐的精神生活，使她在衰竭中消失了對未來希望的慾念；而惶惑和失望則使她在痛苦中對現實作消極的逃避。

她已到了不能自拔的地步；別人也無法幫助她。

我有一種無所適從的惘然之感。

回到旅館，躺在牀上獨自苦思，忽然接到一個電話，原來是舊同事陳君，因為久別重逢，堅欲請我到「南天巴剎」去吃晚飯。

在巴剎裏，陳君問我此次來星的目的何在，我直率地告訴他：「我是來看白玲的。」

「關於你與白玲的事，」他說：「我也聽到了一點，不過我一直不明白你們為甚麼要解除婚約？」

「一切都是我的錯。」

「究竟是怎麼一回事？」

於是我將「誤會」的經過情形約略對陳君敘訴一遍，陳君也替我惋惜不已。

「白玲的情形愈來愈壞了。」他感喟地嘆息一聲：「聽說她最近上了癮，在跑國際路線。」

「這些我全不知道。」

「其實，在不久以前，她曾經有過了一次發財的機會，但是她不要。你知道陳大目這個人嗎？」

我點點頭。

陳君繼續侃侃而談：「陳大目現在是大人物了，然而幾個月前，他曾經因為盜用公款，而鋃鐺入獄，後來獲得白玲資助，償還了公款，被當局釋放出來。陳大目出獄後，時來運轉，由於時局陡變。着實賺了幾筆大錢，轉瞬間便竄了起來，成為膠業界的紅人。陳大目雖然讀書不多，倒也不是一個忘恩負義的人，發跡後飲水思源，首先想到的便是白玲，恰巧白玲那時因倒嗓而脫離歌台，改行做地下舞女，生活雖未見窘迫，但也十分清苦，因此陳大目就親自送了一筆錢給她，希望她從此棄邪歸正。白玲不肯接受，當面將支票撕毀。大目問她：『有甚麼事我可以幫助你的？』白玲答：『我是一個地下舞女，誰都可以出錢購買我的鐘點。』陳大目在無可奈何之中，為了報答恩人，也就每晚與白玲一同遊樂。日子一久，事情竟被大目嫂聞悉，大目嫂是個兇悍的女人，立即率領了一批『打手，』趕到白玲寓所大興問罪之師。白玲遭此不白之冤，刺激愈深。於是走向下坡了。」

「但是，外間所傳的，都說這是一件桃色糾紛。」

「事實上，桃色的成分很少，白玲是個輕易不動情感的女人，過去關於她的傳說極多，但現在證明那些僅不過是傳說而已。」

「我始終覺得她是一個謎樣的女人。」

「目前除了你之外。」他略帶一點調侃口吻對我說：「相信誰也不會對她的謎底發生興趣了。」

接着我將今午同她見面的情形告訴陳君，我說：「白玲的謎底一定充滿着玄秘意味。」

他會心地一笑。問我：「想不想聽歌？不妨重溫一下褪了色的舊夢。」

「我從來就不是一個知音。」我說。

「但是，你最瞭解白玲。」

我瞭解白玲嗎？連我自己也不敢承認。當我認識她三分的時候，覺得她虛浮浪漫，當我認識她五分的時候，覺得她冷酷薄情；當我認識她九分的時候，覺得她善良誠懇；當我認識她十分時，她是一個謎。

回到旅館，時近中夜，我伏在桌上寫了一封信給水蓮，信上這麼說：「……今天下午在M酒吧找到了白玲，她竟把我當作一個陌生的酒客。」

14

第二天，一早起了身，打開報紙，在「本坡版」裏竟發現了這樣一段新聞：

直落亞逸海濱汽車墜海

酒吧女郎白玲香消玉殞

（本報訊）昨日深夜，本坡直落亞逸海濱（俗稱四號貨倉），發生一宗汽車墜海案。警方獲悉後，立即派員協同潛水員在肇事地點查察，發現該汽車四輪朝天，車門全部緊閉，駕車人係一女性，因不及跳出而淹斃。

查死者名白玲，在本坡東陵區某酒吧當女招待，迄今已有月餘。白玲曾在歌台獻藝，頗為走紅，旋因倒嗓息隱，一度改業地下舞女。

據M酒吧主持人謂：「死者於昨晚約十一時半關店時偕一西籍顧客離開，雙雙乘汽車而去，究往何處，無人得知。

又據警方謂：是夕有一個西籍人於該酒吧買醉後，即護送白玲歸家，在途中因欲購買香煙下車，不料白玲竟乘其不意，開足馬力單獨馳行，結果在愛德華路盡端海濱失事，連人帶車墜下海底。該商人幸告安然無恙，遂赴警署報案。至截稿時為止，渠尚羈留訊問中。據稱：當晚白玲曾傾飲大量威士忌洋酒，在車中，忽哭忽笑，態度失常，故相信此次肇事原因可能係酗酒過度。警方對此則表示緘默。」

讀了這段新聞，我幾乎悲痛欲絕。這突如其來的當頭一棒，使我感到一陣昏眩飄忽，連流淚的勇氣都沒有了。

白玲太不瞭解我了，她以為我在玩弄她；其實在玩弄的祇是自己。

我埋怨命運太喜歡捉弄有心人。

我埋怨現實太無情。

我埋怨自己。

站在窗邊，久久發楞，「凝眸處，從今又添一段新愁」，心境是真空的，痛苦像一件敗壞的藝術品，陳列在記憶的錦盒裏。

陳君來了，手裏拿着一份報紙，問我：

「我想你一定看過這段新聞了？」

我點點頭。

他沮喪地嘆息一聲：「這是怎麼一回事？」

「報上說她酗酒過度。」說了這句話後，我驀然下意識地叫了起來：「她的死，我有間接的責任！」

陳君連忙勸阻我：「別那麼想！人也死了，何必折磨自己。」

「我想救她脫離苦海。反而害了她！」我開始含着眼淚。

「不要虐待自己，酒醉失事是常有的。」

「如果不是因為昨天我去看她，掀起了舊事前影，她也許不會喝那麼多的酒。」

「她素來喜歡飲酒，而且也並不是第一次喝醉。」

「我受不住良心的譴責，」我說：「要不是因為我的莽撞，白玲決不至於要求解除婚約。」

「這些都是過去的事了，不必再去提它。」

「我對不住白玲！」我的聲音驟然的變成枯澀：「你要知道，她與高朗完全沒有關係。」

「我知道。」
「一切都是由于我的誤會引起的。」
「我知道。」
「她不是一個壞女人。」
「我知道。」
然後是一大陣沉重得近乎難堪的沉默。
這時候我需要一點寧靜。人就是這樣奇怪的動物。在悲哀時，會哭；在最悲哀時，便哭不出了，逢到極端絕望時，往往需要在寧靜中想想。於是我想起了「愛」，也想起了「恨」，我發現「愛」與「恨」是兩種濃得化不開的情感，應該是屬於「超記憶」的。它叫你連最小的細節，都不會忘記，譬如白玲的一顰一笑，西濱園的彩色燈，那條繡着P字的手絹。「河邊花園」的雨，峇都律的夜景……歷歷都在眼前，使我無法跳出「過去」的深潭，祗求時光倒流，重新從舊歲月裏走過來。
我做錯了一件事，成為永無休止的終生憾事，因此十分徬徨不安。
「我錯了！」「我錯了！」我反覆自責。
陳君幽幽地嘆息着：「其實，作為萬物之靈的人類卻祇有一些貧乏得可憐的知識。對於生命本身的玄秘及其悲歡離合，反而不能指出甚麼是對？甚麼是錯？」

「我對不住白玲。」

「彩虹是拿風暴做基礎的，所以祇有真正勇敢的心靈才能從愁苦中發出歡笑。你應該更堅強點。」

「人間太醜惡了！」我說。

陳君則認為：「人間有醜，有美，有地獄的妖氛；也有天堂的氣息，它是兩者間的混合物，這個混合物便是上帝的傑作，而生命卻是上帝的一句謊言，那麼不着實，那麼不中用，那麼渺小而脆弱。」

窗外忽然下雨了，雨很大，有雷，有閃。

「有一個問題，常使我百思不解。」我說。

「甚麼問題？」

「既然白玲與高朗無染，為甚麼她不對我直說，而堅欲解除婚約呢？」

「也許她怕你不肯接受她的解釋？」

「但是她根本就沒有向我解釋過。」

「按照情理，」陳君也開始同意我的看法了。他說，「白玲應該可以坦白同你解釋的，她為甚麼不這樣做？」

「一定另有原因。」

「很可能是一種女性的矜持在作祟。」

「不會那麼簡單。」

「這就無從加以揣測了。」

當我們正在極力思索着這問題的答案，忽然有人打門，是茶役，手裏拿着一封信，說是郵差剛剛送來的，這是很厚的，我還付了一角錢的欠資。

我拆開信，先看信尾的署名。

陳君問我：「誰寄來的？」

我的聲音發抖了，我的手發抖了，我的心發抖了，我混身發抖。

我說：「是白玲生前寫給我的。」

下面是這封遺書的內容：

「盤銘：

當你收到這封信時，我已經離開這醜惡的人世了。我不會寫信；更不會寫悽惻的絕命書，但是為了使你能夠澈底瞭解我，於是就提起筆來給你寫這最後的一封信。

剛才你沮喪地走出M酒吧時，帶走了一個不正確的印象，這印象是我故意製造的，用意是想使你看到我的醜惡面，而對我發生厭惡，然後因厭惡而將我忘記。正因為那醜惡面是故意製造的，所以當你離開後，我竟愕然如失魂魄，久久發楞，終於像其他忠厚善良的女孩子一樣哭了起來。

我是十分困惱了，不知應怎樣做才能平靜我情感上的激盪，於是我想到了『死』。我祇知道『死』是一種解脫，可以消滅我的喜悅，可以消滅我的痛苦，可以消滅我的枯萎的心，可以消滅我的無用底胴體，同時，可以將我所有的一切全部不再存在。

這封信將在我死後的第二天，抵達你的手，那時候，我已經不存在了，但是一個真正的『我』仍在向你喋喋不休地敍述一些你所不知道的事情。你也許會看了這封信後更悲慟，更發愁，更痛苦，甚至流着眼淚同情我；或者流着眼淚譴責我，然我已完全不存在了。這就是生命的玄奧處，雖無意義；亦無目的，而我卻能憑藉這封絕命書再一次在你的腦海中誕生了。浮生若夢，唯有這『第二次的誕生』才是真實的存在，且可永生。

根據這解釋，你所看到的『生前的我』並非『真實的我』現在你所看到的『我』就是『真實的我』了。我願意將一切真實的奉獻給你。

記得認識你的第一天晚上，在加東花園你問起了關於那隻戒指的事。我祇有流眼淚，因為良知使我十分自卑，但仍有美麗的希望。

大目嫂的突然來臨，終於讓我從你的眼睛裏看到了自己，於是希望破碎了，我決定離開你。我寄居在吉隆坡的一位女朋友的家裏，她姓張，也曾唱過歌，丈夫很有錢。只是健康情形太差，年前患病逝世，留下一筆遺產給她，同時，也留下了太多的寂寞。有一天，她收到一張請柬，慫慂我陪她到加影去，就在這雞尾酒會上，我又遇見了你，心中油然生起了一種異樣的感覺，埋怨這近似故意的安排，卻又驚惶得手足無措。回家後情緒激盪到了極點，憬然悟到自己只是在逃避現實，缺少一點真正的勇氣，因此在第二天寫了一封信給你，從此我渡過了一連串非常愉快的日子，自認比任何人都幸福。

之後，高朗來了，雖然你一直認為我們之間的裂痕，是由高朗而起的，其實不然，因為就在高朗抵達吉隆坡的那天晚上，我從峇都律回到家裏時，便發現桌子上放着一封信，一封人間最殘酷的信！

這是一封恐嚇信，信裏畫着一把手槍，另外還有幾行歪歪扯扯的字，警告我千萬不要嫁給你，否則，他說：『一定要殺死張盤銘！』信尾署名是：『胡阿獅。』

我本想將這對信交給你看，但經過審慎的思考後，我決定不讓你知道這件事。

為了不願意使一個無辜的人白白犧牲；為了不願使一個被我熱戀着的男人作無謂的犧牲，我寧可自己虐待自己，讓胡阿獅奪去了我的幸福。

因此，當你在次日早晨跑來責問我的時候，我就含着眼淚偽認與高朗有染了。

於是我決定寫一封信給你，堅持要與你解除婚約。記得寫那封信時比此刻執筆寫絕命書更悲哀，更憤恚，因為現在我覺得我已即將獲得解脫；而那時候卻有一長段痛苦的日子留在後面。

回到星加坡之後，這一長段痛苦的日子便開始了。從『倒嗓』起，不幸的事情接一連二的發生。我是一個女子，經不起現實的折磨和情感上的鞭韃，終於向齷齪的環境妥協了，我喝酒，我縱慾，我抽大煙，我玩世不恭……這些在你看來也許是非常下流而卑劣的，但是在我則是一種消極的反抗。我無法從這個冷酷的社會求得『是』與『白』的；祇有向『非』與『黑』中倒下去了。我是完全絕望了。

但是——

但你忽然又出現了，就在半小時之前，你還坐在你的對面企圖拯救這一個墮落的女人。我非常感激你這種意圖，大大地受了感動；然而我不能接受你的好意，反而讓你將我的好意拿了回去，因為我不想害你，尤其是在知道你有這樣善良的意圖，我更不願意你無辜犧牲。

你帶着憎恨離開M酒吧後，我就躲到後面賬房間來，獨自飲泣，想前想後，愁腸百結，除了一死之外。再也沒有第二個更好的辦法了。

於是我伏在案上給你寫這封絕命書，我打算把信丟入郵筒後，回來傾飲很多很多酒，讓酒來替我製造勇氣。我決定在今天晚上結束自己的生命。

盤銘，我要同你分手了，這一次是真正的分手，也是真正的結合。我心境很沉鬱；也有點興奮，我發笑了，笑得流了眼淚，這張信箋上就有幾滴眼水，包蘊着無限大的恨和無限的愛戀。

最後，我禁不住要對你說：『我愛你。』這是我第一次說出這樣庸俗的三個字；也是我最後一次說出這三個字。

不要傷心！讓我永遠在你腦海中存在。

白玲絕筆」

讀完這封信，我已熱淚縱橫，喉頭似乎被甚麼東西塞住，想開口，卻怎樣也說不出話來。

心裏在想：

「天長地久有時盡，此恨綿綿，無盡期」。

蕉風椰雨

1

她是一個中國女孩子；但是她只有一個馬來名字。她叫花蒂瑪。年紀剛滿十八歲。

十八年前，當雨季才開始的時候，掠蝦人阿都拉查冒着雨，從河邊抱回來一個中國女嬰，走入「亞答屋」（註：一種用亞答樹葉建成的草屋。）後，便大聲對他的老婆沙樂密嚷道：「快！快去煮一壺滾水！有沒有乾淨的毛巾？」……時已深夜過後。

第二天侵晨，雨已停。雄雞跳上木欄拉長了脖子啼叫。亞答屋簷有水滴漏下，一個大點兒，一個大點兒，有拍子，有韻節。

椰樹梢，長葉似亂髮，在風中飄曳。屋裏傳出了嬰孩的啼哭聲。一切都若十分陌生，又極端荒唐。這靜靜的山芭（註：馬來亞人將偏僻的鄉間稱作山芭。）漸次由迷蒙渡到完全醒。阿都拉查帶着一臉的倦容推開木窗，失神的兩眼瞅着遠方。然後從口袋取出一撮印度煙清絲，用白紙捲裹起來，醮些唾沫，點上火，猛吸幾口，問道：

「是男的？還是……」

「是一個女孩子。」

阿都拉查向窗外吐出一口唾沫，繼續問道，「大人可平安了？」

回答是一聲嘆息。

阿都拉查頗不耐煩地，再加上一句：「我問你大人可平安？」

「已經死了。」

掠蝦人扔去了煙蒂子，尋思一番

道：「她身上有甚麼值錢的東西沒有？」

沉默俄頃。沙樂密答：「只有一根金鏈條。」

「拿過來！」

沙樂密黯然將金鏈條授與她的丈夫，眼眶裏含着淚水，一份離奇的教育使她的思潮不能停頓，也無法把握。她有意看看這雨後侵晨的山芭，那分零亂；那分靜。

「把它收藏起來吧。」阿都拉查說：「待孩子長大了，給她佩戴。」

「準備把孩子留下來？」

「不留下來又怎辦，咱倆都是四十開外的人了，還沒有一個孩子。」

「但是她是一個中國孩子？」。

「她是馬來亞人。」。

沙樂密隨口「嗯」了一聲，不再作其他的表示。阿都拉查於燃起第二根捲煙之後，取過可蘭經來，翻了一陣子，說：「把她叫做花蒂瑪罷！」

2

花蒂瑪有一對清亮的大眼睛，一張兩角微向上翹的小嘴，說話時，剛開口即帶點羞怯微笑，一種關不住青春秘密喜悅的微笑。她的皮膚特別白皙，較之一般馬來亞女孩子要白得多，山芭裏的男孩子都在偷偷地想辦法同她接近，但是沒有一個有勇氣走近她身邊去同她講話。

有一天。

太陽落山了，雲霞像一撮火焰，燒得天穹通紅。

阿都拉查在河中掠蝦。

小河從南蜿蜒向北流，兩岸盡是鹹水樹，又高又密，樹根像幾百條水蛇一般，彎彎曲曲從岸上爬到水裏。

阿都拉查坐着小划子，在河中央划來划去。

當划子划到岸邊時，阿都拉查便縱身跳出划子，兩腿插入水中，散開漁網，網着水，即掀起一圈水花，又漸漸沉入水，因為漁網周圍縛有鉛片。

一會，阿都拉查收網，網上已捕得幾隻蝦，逐個擷下，放入瓶中。

花蒂瑪挽着滿籃髒衫褲，走近河岸，蹲在踏板上洗衣，遙見父親在對岸掠蝦，便用兩手圈在嘴邊大聲問：「幾個？」

「六個！」阿都拉查信口答了一句，跳上划子，搖着小槳，行遠去了。

花蒂瑪傴僂着背洗衫。稍過些時，忽然聽到一個男人的歌聲：

斑鳩食水呵，咕咕咕呵，

哥無老婆呵，妹無夫嗬——

哥無老婆呵，還得過呵。

歌聲瞭亮，十分誘人。花蒂瑪不敢抬頭觀望，凝視水面，卻發現一個年輕男人的水中倒影。那男人站在一棵筆直的椰樹下，約莫二十幾歲，面目清秀儀表出眾。

按照古老的傳統，山芭中人每藉歌唱調情，陌生男女，倘心有所屬，皆不敢直接交談。為掩飾彼此心情上的狼狽，所以常採象徵的形式如歌唱，唯其象徵，因此就越發充滿了牧歌的抒情。

花蒂瑪看到那水中的倒影，眼睛裏立即呈現了青春的光輝，雖然羞慚地不敢抬頭觀望。心裏卻有一種不可解的感覺，終於張開了那張含嬌帶俏的小嘴，開始和唱起來：

哥有情來呵，妹有意呵，

問哥你係呵那村人嗬——

你係那村那家仔呵？

那年輕小夥子聽到花蒂瑪的和唱，嘴角邊立刻堆上一絲溫情笑意，一見鍾情的喜悅使他非常順口地用歌詞回答她問話：

妹愛問來呵，妹愛問呵，

哥係張家椰園呵，種椰人嗬——

哥係梁家宗祠呵，來路仔呵。

從這歌詞中花蒂瑪知道他姓梁，在張家椰園做工，於是索性接着唱下去：

哥有情來呵，妹有意呵。

妹今正是單身人喃——

哥肯共妹呵成雙對呵？

這一段歌詞，若在外地人聽起來，一定會感到字句的大膽，其實這只是一種現成的情歌，除了真正彼此有意的年輕男女會意識到它的含義外，山芭裏的小孩子們也常常信口對唱，而絲毫不覺其含義的大膽。但此刻的花蒂瑪卻是有意在引起對方的幻想和聯想了。

那姓梁的小夥子接着唱：

苦楝根來呵苦楝根呵，

苦楝花開呵，亂紛紛喃——

哥今好比哩苦楝子呵。

歌聲方止，對岸擲來一塊小石，石上包着一張白紙，花蒂瑪俯身去拾石塊，那水中的倒影忽然不見了，抬頭觀望，僅見對岸一棵矗立的椰樹。

花蒂瑪拾起石塊，發現白紙上寫着這樣的一行字：

「明晨八時，我在土橋等你。

梁亞扁」

3

花蒂瑪洗淨衣裳，將濕衫掠在涼竿上後，回家去沖涼，在沖涼房中，驀然聽到了馮寡婦的聲音：

馮寡婦問：「這些日子你可好？」

沙樂密說：「你到哪裏去了，怎麼連個人影都不見？今天是甚麼風把你吹到來的？」

「這叫做無事不登三寶殿。」馮寡婦答。

「有甚麼事嗎？」

「還不是給你老人家報喜來了。」

「報喜？」

「我問你，」馮寡婦說：「花蒂瑪今年幾歲啦？」

「十八歲。」

「真福氣！真福氣！」

「淘氣死了，還福氣哩！」

「要是我有一個像花蒂瑪這樣漂亮的女兒，即使讓我做牛做馬，我也甘願。」

「你說得好。」

「花蒂瑪這孩子實在太好了，」馮寡婦說：「又漂亮，又聰明，又能幹，叫人見了沒有一個不喜歡。」

沙樂密開心得發出一陣「嘻嘻」聲。

馮寡婦接着就直截了當地問：「可曾定了親？」

「才十八歲，還小呐。」

「當今世道不同了，十八歲還說小？常言道得好：男大當婚，女大當嫁。女兒長大了不出嫁，留在家裏作俉？」

「我不是說女兒養大了不出嫁，只是老頭子的意思，家裏人手少，不如再等幾年。」

「再等幾年喲？十年？二十年？」

「話不是這樣說的，十八歲出嫁，總還嫌小着點。」

「十三歲做娘，天下通行，尤其是我們這熱帶地方，女孩子養到十八歲還留在家裏，實在並不多。」

「不過，也沒有合適的人家。」

「合適的人家倒有，」馮寡婦開始滔滔不絕地敘說：「而且事情卻也湊巧。離此兩條石（註：馬來亞華僑稱一英哩為一條石，兩條石即兩英哩。）路程，就在大伯公廟（註：大伯公即福德正神）附近，有一座椰園，老頭家（註：閩僑稱主人或老闆為頭家）年初患一場急病死了，把一大筆遺產留給了小頭家張乃豬。乃豬今年方廿六歲，年少有為，做事勤力，人品極好，只是因為眼界高，所以至今還沒有娶親。前些日子，我家狗仔到他那兒搭工，偶然談起了花蒂瑪，他歡喜得甚麼似的，一定要我到你們這裏來討份八字。你說這件事巧也不巧？」

沙樂密沉吟了一下說：「哦——這件事……我，實在不敢抓主意，還得跟老頭子商量商量。」

「張乃豬有錢、有地位，不必提就知道他多麼體面！這樣的女婿踏破了鐵鞋，也無處可覓。別三心兩意了，聽我的話，包管沒有錯，不說旁的，單是這份聘禮，就夠你們二老吃半輩子了。」

「事情總得讓老頭子抓個主意。」

「你自己的意思呢？」

「我嗎——只要老頭子肯答應；我當然也答應。」

說到這裏，花蒂瑪已沖完涼。從沖涼房走入臥室時，才見到馮寡婦赤着腳，坐在地板上正在吃榴槤。

馮寡婦裂着嘴，用三隻手指掏了一粒奶白色的榴槤往嘴裏一塞，然後堆着一臉笑容對花蒂瑪說：「趕緊謝謝我，快要吃你喜酒的囉！」

花蒂瑪究竟年輕，聽了這話便一聲不響地轉過頭去，推開木窗，目瞪口呆地楞着對岸那棵椰子樹。

當馮寡婦吃完榴槤時，阿都拉查忽然從外邊闖了進來。他的身後跟着一個「吉埃店」（註：即雜貨店）的頭家。

阿都拉查祗管繃着臉，一言不發。

「你說話呀！」吉埃店的頭家大聲大氣地說：「成心要逗我發火是不是？你究竟有嘴沒有？會不會說話？」

「有甚麼好說的？」

「你自己想想看，」吉埃店頭家悻悻然伸出食指死命地點着阿都拉查的鼻尖：「這條數拖欠到現在已經成半年了，最低限度，你也該拿句話出來！」

「我現在手頭連一占錢（註：一占錢即一分錢）都沒有。」

吉埃店的頭家瞪大了眼珠，顯然光火了：「媽的，話倒說得輕鬆，到底還是不還？如果你不想還，那麼你就等着瞧，老子不叫暗牌（註：馬來亞華僑稱警局的偵探為暗牌）把你抓去吃烏頭飯（註：吃烏頭飯為馬華土語之一，意指坐監），就稱不得是人養出來的。」

說罷，這位頭家便洶洶然推門而出。

沙欒密究竟是婦道人家，看見了這種情形，當然感到慌張的；於是就三步兩腳地趕上前去，拉住吉埃店頭家，用求情的口吻對他說：「請你再寬限幾天罷！」

吉埃店頭家卻憤然拂袖，叱了一句粗話，便大踏步衝出大門。

沙樂密望着來客的背影直發楞。

空氣非常沉悶。

馮寡婦乘機走近沙樂密身邊：「你着甚麼急，祇要——」下面是耳語：「不是就可以解決了，你不妨跟阿都拉查商量商量，我要走了，改天再來聽你們的好消息吧。」說罷，直向大門走去。

沙樂密送她直到門口，「吃了便飯再走？」

馮寡婦說：「家裏還有點小事，等事情成功了，我要你好好地請我吃一餐。」

沙樂密說：「多謝你的好意。」

馮寡婦順口答了一句「不用客氣」，掏出手帕來抹了抹嘴，屁股一扭一扭地走入椰林。

沙樂密送客回入屋內，阿都拉查一邊除下「宋谷」（註：馬來人戴的帽子）；一邊問道：

「馮寡婦今天來此作恁？」

「替花蒂瑪做媒來了。」

「她年紀還小。」

「據說男家已準備好了一份厚重的聘禮。」

「女兒大了，當然是要出嫁的，但是暫時我還不想賣。」

「沒有人叫你出賣女兒。」

「那麼你何必提到聘禮？」

沙樂密沉吟一下，期期艾文地答道：「我想欠吉埃店那條數總是要還清的。」

阿都拉查垂着頭，不再說甚麼了。

花蒂瑪圍了一條沙籠從鄰房走進來，小嘴翹得高高的，顯然是在生氣了。沙樂密問她：「有甚麼事嗎？」她就放聲大哭起來，邊哭邊嚷：「我不要出嫁！我不要出嫁！」

沙樂密心腸軟，雖說不是自己親生的女兒；但究竟也有了十八年的情感，看見花蒂瑪哭了，心裏也一陣發酸，陪着流下幾滴眼淚，抽哽着連話都說不出來。倒是阿都拉查，經過一番審慎的考慮後，忽然大聲問道：

「男家的孩子是不是回教徒？」

4

這一晚，花蒂瑪在「地蓆」上輾轉不能成寐。梁亞扁的影子一直在她腦海中兜圈子。她並不反對出嫁；但害怕義父為了一份聘禮會遽爾定下她的婚事。

天微明，四周極寥落，更厭蟋蟀常來覓伴以瞿啾。花蒂瑪從「地蓆」上爬了起來，踮起腳跟，輕輕拉開門，又輕輕將門掩上。走到門外，仰頭觀天，星星尚未退盡，迎面吹來一陣雞蛋花的芬芳，再也不覺疲憊了。當即邁開步伐，直向土橋奔去。

土橋邊有個水龍頭，花蒂瑪照例用手盛水洗臉。太陽剛從山崗冒出，一些山雀和鷚鳥就開始在森林裏舌噪。

吉寧人趕着羊群，經公路過土橋而去，羊頸上掛着響鈴，叮呤叮呤地漸去漸遠。

橋邊有一列小屋，屋裏的膠工都已起身了，美孚油燈一盞又一盞地被吹熄，幾個男子漢穿上割膠衣，各自推出腳車（註：馬華稱單車為腳車），放好膠桶，掛上割刀，排成一條行列，出發去割膠。

陽光從白樺樹的葉隙間篩在公路上，膠工們的腳車曾經揚起一堆灰塵，在光柱的反映中，花蒂瑪看到了一個人影向土橋這邊走來。

她細看來人正是梁亞扁，送來朗朗的歌聲：

天上星星多又多，

惟有月亮最光明。

年輕的姑娘多又多，

我卻看中你一個。

花蒂瑪當即和唱一段：

山雀打從哪裏來？
從椰梢飛到芭場邊，
愛情打從哪裏來？
從眼角燒到心坎裏。

歌聲止後。兩人兀自站在土橋兩端，她看他；他看她，一種莫須有的陌生感，使他們彼此都不敢行近去。

「早晨！」還是梁亞扁先開了口。

花蒂瑪羞怯地應了一句「早晨」後，臉上泛起一陣紅暈，便像野兔般的逃入河邊的叢林。

這是一座雜生着白樺、包皮青、毛杞和椰樹的叢林，花蒂瑪進入叢林後，背靠着椰樹桿，仰起頭，佯裝着觀看椰樹梢的猴子採擷椰子。

當梁亞扁發現她時，她已不再能用任何動作來掩飾自己心情上的狼狽了。

「我的名字叫花蒂瑪。」她說。

「我知道。」

「你怎麼會知道的？」

「山芭裏的男孩子全都知道。」

她開始有點自滿，笑容裏帶着一種女性的矜持，因此又頗感羞澀地低下了頭，然後細聲說：

「我是不想來的。」

「但是你終於來了。」

「為的是想告訴你一件事。」

「甚麼事？」

花蒂瑪沒有立即回答，兩隻手有意無意地捏揉着衣角。

梁亞扁充滿了好奇的心情，笑着的嘴角一片春：「究竟甚麼事的？」

花蒂瑪也斜着眼珠，對梁亞扁瞅了一下，覺得這位年輕的歌手，除了嗓子嘹亮外，還有一張非常清秀的臉龐：鬈曲的頭髮，大大的眼睛，筆挺的鼻樑，皙白的膚色。花蒂瑪不敢相信自己也許墜入情網，但是見到了他，心裏便會產生一種異樣的感覺，這種感覺使她變得很不自然，甚至連想說的話也說不出來。她本來想將馮寡婦昨晚來說媒的事告訴亞扁，然而剛啟口時，喉管彷彿有點窒塞，訥訥囁嚅，久久才說出這樣的一句話：

「我很寂莫。」

「有了我，你就不會再感寂莫了。」

花蒂瑪頻頻搖頭。

亞扁完全不懂她的意思。

她的意思是：「與自己喜愛的人在一起會越發感到寂寞的。」

花蒂瑪忸怩地逃到樹背後，撒嬌似的嚷起來。

「我還是不懂。」

「因為，」花蒂瑪黯然說下去，「我知道我是不可能和我喜愛的人結合的。」

梁亞扁完全不同意這樣看法。他說：「在可能與不可能之間，祗有一種尺度。那就是自己的意志。」

「有許多事是不由自己作主的。」

「祇要意志堅定，」梁亞扁說：「一切不可能的事都會變成可能。」

聽了這句話，花蒂瑪更悲哀了，抿着嘴，低着頭，心裏紛擾得厲害，熱淚湧上了眼眶。

「這又何苦呢？」梁亞扁伸出兩手去擁抱她。

花蒂瑪卻忸怩地逃到另一棵樹背後，當亞扁追踵到她身邊時，她竟撒嬌似地嚷起來：

「你走開！你走開！不要跟着我！」

梁亞扁被她這麼一嚷，倒也楞住了，呆呆地站在距離她十尺之處，不知如何是好。

叢林裏的空氣被壓得冷寂寂的。

到了這時候，亞扁才發現太陽已被烏雲掩蓋了，陰沉的林子，驟然換了一個季節。颳起一陣風後，落葉滿地飄舞，秋意頗濃了。熱帶的天氣總是這樣多幻變的，特別是在雨季，短短數分鐘內，可能出現兩種絕然不同的氣象。

「也許會落雨。」亞扁藉詞走近花蒂瑪身邊。

花蒂瑪依舊不願與他接近，「你走開點！」說罷，自顧自朝林子外面走去。梁亞扁仍然呆呆地立着，動也不動。驀然一聲響雷，嚇得花蒂瑪立刻回身奔入亞扁懷抱，雨就一個大點兒、一個大點兒的落下來了。

在馬來亞的森林裏，遇到豪雨，實在是一種恐怖的經驗。雨滴狂打樹葉，嘩啦嘩啦的聲響，震澈四周，再加上遠處隨時傳來的象嘯，誰都會驚駭得手足無措。

「讓我走出去！」

花蒂瑪發癲似的咆哮着，用力從亞扁懷抱裏掙扎出來。雨很大。響雷與象嘯並作，整個林子陰黯得像地獄。

「讓我走出去！」她嚷。

但是亞扁卻緊緊抱着她，不讓她走。

兩人縮作一團，雨水淋得他們濕漉漉的。花蒂瑪似乎惱怒了，推開亞扁後，兀自奔出叢林，奔過土橋時，雨更大了，祇得奔到膠工宿舍的門口暫躲。

亞扁也追來了，同她並排站在一起，伸出手去圍住她的肩膀。「你也許會招涼的！」他說。

花蒂瑪喘着氣，張口結舌地想說些甚麼，可是喉管彷彿有點窒塞。

亞扁抱得她更緊，開始察覺到她在哆嗦。他們的背脊靠着大門，花蒂瑪的額角貼在亞扁的臉頰上。

大門驀地啟開了，裏面走出來一個膠工，兩人欠身讓他走出，暫時分了開來。當膠工打開雨傘衝入雨簾後，兩人又重複擁抱在一起。這一次，亞扁感到花蒂瑪已不再哆嗦，她似乎比剛才要鎮靜得多。

雨聲仍嘈雜。

象嘯則越來越近。

梁亞扁為了使她忘記寒冷起見，說了一個關於象的故事給她聽。

「為了避免象的蹂躪，」他說：「我們就得說些好話來討好象；至於把象群驅逐到一個地區去，則非請大伯公多隆（註：多隆係閩南話，意即幫忙。）不可。記得有一次，有一大群象公來到我們這山芭，來勢洶洶，把幾間亞笞屋都踏成了平地，凡是曾經稱讚過象公的人，都逃了出去，而那些曾經詈罵過象公的人，縱然爬上大樹，可是也被象公將樹拔起，用象鼻把他們捲下來，一個個活活地被摔死。」

說到這裏，不遠處傳來「嘩……」的一聲象嘯。

花蒂瑪受驚地抱住亞扁的腰。

很久很久之後，雨聲漸小，亦不見有象公到來，花蒂瑪才輕輕地叫了一聲「亞扁」，仰着自己的頭，讓他吻了自己。

5

花蒂瑪興沖沖地回到家裏，高興得甚麼似的。沙欒密見她濕成落湯雞一般，便直着嗓子叱道：「這樣大雨，你到甚麼地方去了？」花蒂瑪祇管沖着她微微作笑，過分的興奮使她不想說話。

沙欒密看出了她的似癡似醉的神情；但不知道她為甚麼如此愉快。她是一個老老實實的中年婦人，當心裏產生甚麼疑問時，就會直截了當地發問：「究竟你冒着大雨出去幹甚麼事情，回到家來這麼高興？」

「我在雨中聽象嘯。」花蒂瑪得意洋洋地答。

「聽象嘯？」

「是的，象被大雨淋得高興時便要發嘯。」

沙欒密聽得莫名其妙，瞅着花蒂瑪，楞了大半天，然後揮揮手佯嗔薄怒地說：「快去抹乾身體，別招了涼！」

花蒂瑪走入鄰房，拿了一條毛巾抹身。抹乾身後，換過一塊沙籠布。往身上一圍。想起了梁亞扁的那對大眼睛，竟兀自咯咯地笑得十分花枝招展。

但是一到晚上，她忽然發燒了，熱度相當高。

阿都拉查責備她不該大清早便冒着雨出去亂跑。沙樂密則急得像熱鍋上螞蟻，堅要阿都拉查去請Dukon（註：馬來人稱醫生為Dukon）。結果祇是到小卜干的雜貨店去買了一包「亞士北羅」回來，叫花蒂瑪吞下兩粒後，說道：「睡吧，出一身汗，就沒有事了」。

花蒂瑪躺在地蓆上，蓋着一張舊氈，剛闔上眼，便覺得窗外吹來的風很大。今晚她有點怕風。

她站起身來去關窗，卻發現梁亞扁站在對河的那枝椰樹下，手裏提着一盞風雨燈。看到了亞扁，她便高興得連風都不怕了。她急於要走到屋外和亞扁會面，但又恐怕給父母見到了不讓她出門。

亞扁已經發現她站在窗邊，在對河頻頻向她招手。

她便踏上窗櫺，縱身一跳，在泥地上打了一個滾，又站了起來，好在窗戶離地不高。不過四尺左右，最多祇擦壞一些皮膚，是不會受傷的。

花蒂瑪拍去身上泥塵後，立即向石橋奔去，腳不着地似的快，幾乎完全忘記了自己身上的不舒服，急急忙忙地奔到對岸，與亞扁面面相對時，已經上氣不接下氣地連一句話都說不出來了。

「睡不熟，想來看看你。」亞扁說。

她祇會點頭。

「你一定要責怪我了？」亞扁說。

她搖搖頭。

「我們到糕呸店（註：馬來亞華僑把咖啡稱作糕呸。）去喝杯水？」亞扁說。

她點點頭。

於是兩人並肩走向「小卜干」，走進一家咖啡店。

這家糕呸店，和馬來亞其他山芭裏的糕呸店一樣，簡陋到比中國鄉間的小茶館還不如。整個店堂祇有兩張方桌，每張方桌都有四條長板櫈。電燈是沒有的，塵封的板壁上掛着一盞美孚油燈，昏昏暗暗，那一點慘綠的火苗，最多也祇能將店裏的東西勾出一個模糊的輪廓。縱然如比，頭家居然還能在和一個膠工下象棋。他的腳邊，有一隻大黃狗縮作一團在打盹。

花蒂瑪和亞扁走入店堂後，頭家懶洋洋站起來，問他們喝甚麼。亞扁喝「紅獅橙汁」；花蒂瑪喝「糕呸烏」。

他只是屏息凝神地楞着她。

她也屏息凝神地楞着他。

誰也不說話，誰也有很多話想說。

噤默一陣後，還是亞扁先開口：

「花蒂瑪。」

「嗯？」

「早晨同你分手後，我一直想你。」

「是嗎？」

「我有一句話想對你說，卻老是說不出口。」

「你說罷。」

「記得有一首馬來情歌，裏面有這樣的兩句，船埋海底猶可撈；情埋心底何時消？」

「嗯。」

「相信你一定也會有這樣的感覺？」

「我不懂。」

花蒂瑪羞答答地對亞扁瞟了一眼，垂下頭去，有一種特殊的媚態。門外忽然颳起一陣風，那盞美孚燈的火舌跳了幾下，驀地熄滅。糕呸店一片漆黑，祗聽見那個頭家一腳踢開長櫈，大聲問道，「烏峇，火柴放在甚麼地方？」那隻大黃狗便「汪汪汪」地狂吠起來。這時候，花蒂瑪忽然覺得自己的手被亞扁握得很緊。

花蒂瑪心裏，立刻起了一陣異樣的感覺，臉上熱辣辣的，再加上來時就有些發燒，額角上因此連汗珠都擠了出來。然後她聽到了一句輕輕的耳語：「花蒂瑪，我需要你。」

頭家「刷」的一聲劃上火柴，店堂裏多了一團光的影子，幌幌悠悠，卻已經嚇得亞扁立即縮回手去。

接着，兩人又是靜靜地不說一句話。

隔了半響，花蒂瑪問道：「你家裏還有些甚麼人？」

「我的父母早已亡故，我舅父今春患了一場病，也死去了。」

「祇存下你一個？再也沒有其他的親戚了？」

「還有阿妗和表哥。」

「表哥待你好不好？」

「他是一個非常老實的年輕人。」

「跟你住在一起？」

「不錯，跟我住在一起。」

「你的阿妗呢？」

「大家都住在椰園裏。」

「她待你好不好？」

「她是個脾氣非常暴躁的老婦人。」

「常常責罵你？」

「常常毫無理由地責罵我。」

這一段談話，不僅使花蒂瑪更瞭解亞扁；抑且使她更加同情他了，因為他的身世似乎與花蒂瑪有着同樣的不幸。

遠處有一縷悽悽惻惻的絃音傳來，一定是膠工們閒着無事，又在練習「漢劇」了。

亞扁的手放在桌面上，花蒂瑪開始將自己的手心壓在他的手背上。

亞扁望着她微笑；她都悽楚地叫了一聲：「亞扁。」

「甚麼？」

花蒂瑪思忖一下，然後慢吞吞地幌了幌腦袋，說：「沒有……甚麼。」

「你好像有心事？」亞扁關切地問。

花蒂瑪剛欲開口，喉管彷彿被甚麼東西哽塞着，終於將要說的話嚥了下去。她本來有意把馮寡婦作媒的事告訴亞扁，但總覺得時候還不夠成熟，即使將早晨雨中的約會也算在一起，現在才不過是第二次見面。

她恨透了馮寡婦，可又不便對亞扁直說。這件事老是在她心中化解不開。

這時候，頭家忽然舉起一枚棋子往棋盤上重重一敲，吼道：「將！」接着咯咯地大聲發笑。加上一句：「這下可沒有得救了！」對方用手背掩在嘴巴上連連打了幾個呵欠，說：「時間不早了，明天還得一早起來割膠。」

於是糕呸店有了一陣零亂的腳步聲，頭家張羅周至地打發了許多事情後，走到門口去扛揹排門板，連那隻大黃狗也被趕了出去。

「該回去了。」花蒂瑪說。

亞扁站起身來，將糕呸鏰（註：馬來亞華僑稱錢為鏰）交與頭家。

兩人並肩而行。

山芭的夜晚最易聽到財狼的長嘷，四周樹木蔥蘢，秀氣蒸郁。烏雲將圓月掩蓋住，眼前的景色也就忽明忽暗了。一切都有點抖抖愡愡，充滿原始的蠻野氣息，風飄過，令人毛骨悚然。

「你沒有帶燈？」花蒂瑪問。

「沒有。」

「你家離此多遠。」

「兩條石。」

「連手電筒都沒有？」

「都沒有。」

「那麼，你就不必送我了。」

「不要緊的。」

「你還是不要送我的好。」

兩人站停了。

亞扁問她：「明天甚麼時候可以見到你？」

花蒂瑪答：「吃過晚飯。」

「不能早一點？」

「家裏事情多。」

「在土橋？還是糕呸店？」

「隨你的意。」

「那末在土橋吧。」

「好的，明天吃過晚飯在土橋見。」

花蒂瑪扭轉身去，剛邁了兩步，亞扁又把她叫住：「花蒂瑪！」她又回到他的面前，問他：「有甚麼事嗎？」他沒有說甚麼，祇是突然對她摟抱，用力吻了她。然後自顧自回轉身去，走了。留下花蒂瑪一個人：在那裏，不知道是驚是喜，祇覺怔忡、麻木、茫然。

她茫然望着亞扁的背影，直到亞扁走進叢林。

她覺得亞扁很傻；也覺得很可愛，於是懷着一腔關不住的青春秘密，向小河走去。

回到家裏，才發現目己臥房的窗戶已被門上，沒有辦法。祇得去敲前門。

開門的是沙樂密，一見花蒂瑪便歇斯底里地叫起來，「你到甚麼地方去了？」

花蒂瑪沒出聲，逕向自己臥房走去。

沙樂密跟在後面，一邊走，一邊嘀咕道：

「你自己還在發燒，怎麼可以一聲不響就走了出去？再說，黑夜到芭地裏亂跑，是一件多麼危險的事。現你父親發現你不在家後，急得直跺腳，提起風雨燈便往外直跑，到現在還沒有回來。」

花蒂瑪依舊沒出聲，兀自躺在蓆上，兩眼瞅住天花板，神情極為蕭索。

稍過些時，阿都拉查回來了，聲色俱厲地吵了半天，也吵不出甚麼來。花蒂瑪衹管閉着眼，充耳不聞。

兩位老人家見她不理不睬，也就沒趣地回到了鄰房。花蒂瑪帶着一天的辛勞躺着，也許是因為發燒的關係，再加上那一份難以整理的喜悅與愁煩，所以在地蓆上祇是翻來覆去，睡不熟。

咕咕鳥在窗外叫，聽起來有點哀厲。

遙夜清寂，鄰房的風雨燈捻熄了。花蒂瑪依

花蒂瑪將手心壓在梁亞扁的手背上。

舊眼睛張得大大的，熱度相當高，手心裏直冒涼汗，混身嗦嗦發抖。
她知道自己真正病倒了。
午夜過後，寒氣重得很。鄰房的阿都拉查忽然打了兩個噴嚏，唔唔嗦嗦地走出大門去小便。
當他回入臥房時，沙樂密也被他吵醒了。
「你醒啦？」沙樂密輕聲地問。
「睡不着覺。」阿都拉查答。
「為甚麼？」
「聽說花蒂瑪有了個男朋友。」
「誰說的？」
「小卜干的糕呸店頭家。」
「也許是謠言。」
「那位頭家說：花蒂瑪今晚同一個男人到他店裏去喝水。」
「有這樣的事？」
「你說奇怪不。」
「他知道不知道花蒂瑪的男朋友是甚麼人？」
「不知道。」

「哦……」

阿都拉查打了一個呵欠，接着便靜悄悄地甚麼聲響都沒有了。

夜涼如水，月色慘白。

6

侵晨。

東方泛起魚肚白，花蒂瑪漸次從迷蒙渡到完全清醒。她似乎聽到有人在河邊呼喊「花蒂瑪，花蒂瑪。」這個呼喚又像來自她的心中。

晨風吹來，使她頻打寒噤。頭很痛。兩眼深陷，沒有光也沒有神。四肢作酸。雙手用力支撐身子，剛直起腰桿，便感到一陣眩暈，因此又躺下去。一切都變了，一切變得森冷而又空茫。

沙樂密已起身，從公路邊的水龍頭洗完臉回來，就躡手躡足地走入花蒂瑪的臥室。

「怎麼樣，身體好一點？」她問。

花蒂瑪臉白似紙，手心掩住嘴巴祇管咳嗆，直到咳嗆稍止時才抬起眼來，祇是淡淡的一瞥，又垂下眼皮，黯然嘆息了一聲，卻不開口。

莎樂密立即弓下腰去，摸了摸她的額角，不覺大吃一驚：

「阿都拉查！快來！花蒂瑪病了。」

阿都拉查驚醒了，匆匆推門而入，定了大半天神，才發現花蒂瑪比昨天憔悴得多。

「這究竟是怎麼一回事？」他問。聲音有點哆嗦。

「大概是昨天招了涼，」沙樂密說：「快去請個Dukon來！」

阿都拉查按了按女兒的額角，驚異於她的高熱，因此就手忙腳亂地將沙樂密拉到鄰房，輕輕一聲耳語：「我去找醫生，你好好看顧她。」戴上「宋谷」，匆匆忙忙走出大門。

約莫一個鐘點過後。醫生來了，是一位中國醫生，原來前面甘榜裏Dukon早已在三個月前搬到「瓜拉丁加奴」去住了。

中國醫生照例按了脈膊，然後戴上老花眼鏡，在桌上攤開一本陳舊「百草藥本」伸出兩枚指頭，在嘴裏醮了些唾液翻啊翻的，翻了半天，才提筆抄了一張所謂「秘方」，吩咐阿都拉查到三十哩外的埠仔去配藥。臨走時，還千叮萬囑，「不可開窗吹風，招了涼可不是鬧着玩的，此外，硬質的東西絕對不能吃，如果想吃東西，祇能吃些流質，咖哩和榴槤聞都不能聞。」

醫生走後，阿都拉查立即趕赴前面的甘榜，企圖找到一輛霸王車，前往埠仔配藥。

花蒂瑪的病況愈來愈劣，熱度極高，但又時時發冷，她吵着要照鏡子，沙樂密怎樣也不肯給她拿，怕她照見了自己的樣子止不住驚愕。

這時候，馮寡婦忽然來了，還帶了一個生客。

為了不肯得罪來客，沙樂密不得不暫時放下了花蒂瑪，走到鄰房來與客人們聊天。花蒂瑪雖然發着高熱，但神志極清。沙樂密與馮寡婦的談話，聲言雖低，卻聽得清清楚楚。起先是馮寡婦的聲音：「這位是男家的阿嬸，我們全叫她做金姐。」接下來還是馮寡婦的聲音：「金姐代表他們大舍（註：即大少爺。）前來送聘禮。」沙樂密吱吱唔唔地說了些客氣話，但是誰都聽不清。又是馮寡婦的聲音：「這是我們上次講好了的聘金四百扣（註：一扣即一元）……這是一對特地從關丹打來的金耳環……這是一套七星鈪……這是送給新娘的紗籠布……這是兩對爪哇拖鞋……這是……這是……」

馮寡婦祗管「這是」下去，沙樂密一路陪着咯咯作笑，可是聽得花蒂瑪心似刀割，恨不得立刻跳起來趕她出去，但又怎樣支撐不起身子。

接着，還是馮寡婦的聲音：「好啦！點清楚了，事情就這樣決定了。恭喜，恭喜！等男家挑定了黃道吉日，我再來通知你們。恭喜，恭喜！」

在一連串恭喜聲中，馮寡婦和金姐走了。沙樂密奉了一大堆聘禮，笑嘻嘻地走到花蒂瑪身傍，還沒有開口，花蒂瑪就一把抱住她的大腿，歇斯底里地狂喊起來：「媽，我不要出嫁！我不要出嫁！」

沙樂密忙不迭地將聘禮往蓆上一放，心裏亂成一團麻，期期艾艾地說不出甚麼話來安慰女兒，索性就陪着一起哭了。

花蒂瑪愁腸百結，哭得非常傷心，在哀哀無告的絕望中，卻又無力反抗，最後終於陷入了感情上的麻痺，竟爾昏昏入夢了。

她做了一個夢。夢見自己從窗口跳出來，奔到土橋，會見了亞扁，就雙雙趕到甘榜，搭上霸王車，在三十哩外的埠仔買了兩張火車票，嘻嘻哈哈地向着遙遠的南方飛也似的駛去了。……

這是一個十分甜蜜的夢，但是沒有做完，就讓阿都拉查喚醒了，「湯藥煎好，快趁熱喝下去。」

花蒂瑪睜開惺忪的眼，神志極恍惚，祇聽得沙樂密在身傍幽幽地說：「這一覺睡得正香，已經是下午四點多了。」

但是花蒂瑪祇想繼續她的好夢，因此匆匆喝完湯藥後，又闔上眼皮昏昏睡去。

她又做了一個夢，然而已經不是嘻嘻哈哈地向南方駛去了。她夢見亞扁站在雨中的森林裏，責怪她無情無義，不應該接受別人的聘禮。她要解釋，亞扁則拂袖而去，留下她一個人在雨中號啕大哭。

於是她哭醒了，臉頰上還掛着淚珠。天色已黑，房裏點着油燈，阿都拉查和沙樂密都坐在她身邊，見她醒了過來，沙樂密就搶口問道：

「花蒂瑪，你剛才在跟誰吵架喲？」

花蒂瑪揉揉眼睛，抖着聲音反問道：「我在跟誰吵架喲？」

沙樂密抽抽搭搭地說：「你剛才在向誰求饒喲？」

花蒂瑪摸摸頭髮，抖着聲音反問道，「我在向誰求饒喲？」

沙樂密遲疑了一下，問：「誰是亞扁喲！」

花蒂瑪這才猛然想起了亞扁的約會，施展混身的力量要站起來，卻怎樣也站不起。阿都拉查用嚴父的口吻責備她：

「你想到甚麼地方去？」

花蒂瑪帶哭帶嚷道：「你們讓我走出去！我沒有病！我一定要走出去！」

但是阿都拉查捉住了她的肩膀，怎樣也不肯讓她坐起來。她哭了，無可奈何地哭得非常哀慟，肩膀一起一伏，怎樣也捺不下火爆性子。兩位老人橫勸直勸的總是勸不好，花蒂瑪祇管放聲大叫，多少怨忿和委屈，一下子像大河決了堤，收也收不住。

當花蒂瑪疲憊得幾乎要暈厥過去的時候，在朦朧的意識裏，她依稀聽到了一節熟悉的歌聲來自河邊：

潮水漲起呵——又退去囉！

大珠小珠落草叢，

魂夢旋繞可相逢。

太陽出海囉——又落山呵！
要吃榴槤當紗籠，
想會戀女沒影蹤。
…………
歌聲遽爾中止，花蒂瑪忽然陷入了昏迷狀態，有如一個流浪者，經過無休止的行旅後，終於在半途倒下了。
沙樂密以為她已經睡熟，輕聲說道：「讓她睡一會吧，我們到隔壁去，你還沒吃飯哩。」吃飯時，沙樂密將聘禮攤在地蓆上，開始對阿都拉查敘說馮寡婦來訪的經過。
阿都拉查開始用手指醮了唾液點算禮金，眼睛瞇成一條縫，笑得嘴都抿不攏。
「這下可舒服啦，」他點完鈔票後，說：「明天先把吉埃店的那條數結清，也好了卻一樁心事。」
「但是，」沙樂密說：「男家揀到了黃道吉日，隨時都要舉行婚禮的。」
「唉，女兒大了，總是要出嫁的。」
「雖然不是自己親生的，我倒有點依依不捨了。」
阿都拉查一邊用右手抓着咖哩飯往嘴裏送；一邊說：「其實，我也捨不得的，打從那個雨夜算起，到現在已經整整十八個年頭了。」

「我一直把她當作是自己養的。」

「我也一直這樣。」

「有甚麼東西可以陪嫁的?」

阿都拉查幽幽地嘆息一聲,說:「所有值錢的東西都已送進大押(註:典當)去了。」

沙樂密皺皺眉,沉吟一陣:「不如將那根金鏈條從大押裏贖出來吧,這東西本來是她母親的,應該還給她。」

「至少也可以表示我們的心意。」

阿都拉查吃過晚飯,端一盆清水來洗手。忽然聽到花蒂瑪在鄰房大嚷起來:「請你等一等我!」兩人連忙趕出觀看,原來花蒂瑪在發夢囈。

7

花蒂瑪的病一天比一天沉重,儘管吃藥,熱度卻老不退。沙樂密說她中了邪;中國醫生說她患的是傷寒,究竟是甚麼,誰都說不上來。

有一天,馮寡婦又來了,說是男家已經定了黃道吉日,離開大喜的日子祇有三天。

沙樂密聽說日子這麼近,轉想花蒂瑪還沒有恢復健康,心裏面不免掀起一陣焦憂。但阿都拉查卻並不以為然，相反地，他覺得日子愈近愈好，理由是：花蒂瑪萬一有甚麼三長兩短，祇要舉行過結婚，他就不必退還聘禮了。這個想法雖然是不道德的，但是在一般「山芭佬」（註：鄉下人）的腦海裏，這樣的盤算，不能說是不合理。

於是事情就這樣決定了。

花蒂瑪的病況始終沒有起色。她急於要去會見亞扁；可是誰也不肯讓她離開家門一步，前些日子，偶而還能聽到河上傳來的歌聲；最近這兩三日便甚麼聲音都聽不到了。她有無限的怨艾；也有說不盡苦楚。她不想嫁，然而命運都作了如此不合理的安排。她祇有用淚來抗議這個安排。這個抗議當然不會生效，所以在萬般沉痛的心情中，大喜的日子終於來臨了。

山芭地方，結婚儀式極簡單。天朦朧亮時，馮寡婦就在髮髻上插一朵大紅花，屁股一扭一扭地來了，一進門便忙這忙那的，催促沙樂密替花蒂瑪搽脂抹粉。

花蒂瑪仍在發熱，四肢極軟，不要說走路，即是坐在鏡前梳頭，也會時時感到暈眩。

馮寡婦說：「這是大喜的日子，小小不舒適，不但絕對沒有關係，而且沖過喜後，就百病盡祛了！」

沙樂密信以為真，便不感到憂鬱了。阿都拉查也信以為真，換上新衫新鞋新宋谷，還戴一副老光眼鏡，叫人看了完全不像一個掠蝦的。

到中午時分，大家匆匆吃了些東西，馮寡婦便找了一個腳車伕和一架腳踏車，按照山芭地區的習俗，吩咐打扮得花枝招展的花蒂瑪，坐在腳踏車的後座上。

阿都拉查煞有介事地從亞答屋裏走出來，當眾將金鏈條掛在花蒂瑪的頸上，以示他的慷慨。然後踏車的人迂徐地向山芭地區的小路上推去，花蒂瑪用手絹掩住鼻尖抽哽，一對老夫婦則站在門口目送他們行遠去，行不了幾步，踏車人縱身跳上車座，開始以一種不快不慢的速度，向男家踏去。腳車後面，跟着安步當車的馮寡婦和一個挑嫁妝的壯漢。所謂「嫁妝」，不過是兩對繡花枕頭，一個包袱和兩隻皮箱而已。

陽光熱辣辣的照在泥上，發霰着一股乾燥的土腥。花蒂瑪坐在腳車後面，額角上沾滿了汗珠。頭有點暈眩，胸極悶，想作嘔，卻怎樣也嘔不出。她心亂似麻，紛擾的情緒，一刻都得不到安寧，她想起了亞扁，她想起了她的馬來父母，她想起了那間住了十八年的亞答屋，她更想起了那從未見過面的丈夫以及他的家。

她越想越悲哀，眼淚像斷了線的珍珠般，撥簌簌地流下來，流了一面。

她是又氣又恨。

在氣憤中，驀地聽到一陣爆竹聲。她不敢取下手絹來看一看眼前的情景。但是嘈雜的人聲中。她知道自己已到了男家。

有人將她抱下腳車，她偷偷地一瞧，原來是馮寡婦。

她有點好奇，又偷偷地對大門口掃了一圈：大門口結着「聯婚」的花牌，紅底金字，很大。

左手邊放着一隻小方桌，是給來賓簽名的，來賓大約有二十幾個，大都打扮得整整齊齊。

走入「禮堂」，才發現這是一座亞答屋的客廳，正中有一張長方桌，桌上有一個花瓶，瓶中插着一束胡姬（註：胡姬花係馬來亞之特產，頗名貴。），胡姬背後則站着一位小學校長之類的老年人，裂着嘴笑眯眯的，喜氣洋洋的神情比花蒂瑪要高興得多。

然後花蒂瑪被馮寡婦引到方桌前面，呆若木雞地站立着。她心裏知道有一個男人同她並排站立在一起，那當然是他的丈夫。

然後有人大聲地叫了一聲：「婚禮開始！」

然後她在馮寡婦的指導下，開始所謂「新娘新郎相對行禮」，當她每一次弓下腰去鞠躬時，她就看到一件可怕的東西——新郎的面孔。

那是一張非常非常醜惡的面孔：滿臉橫肉，濃眉大眼，額上有瘤，塌鼻，缺嘴狼牙。

花蒂瑪禁不住混身打抖起來。

然後她無意中發現賀客堆中有一張熟悉的面孔，那是梁亞扁。

她眼前因此出現了無數朵小星星，一陣昏黑，便栽倒在地。

「禮堂」裏起了一陣騷亂，凡是有氣力的，都七手八腳趕來將她抬入洞房，或用扇子頻頻搖，或用驅風油擦其額，大家嘩啦嘩啦地亂成一團，你一言，我一語，十分熱哄，祗有那位小學校長之類的老年人，還端端正正地站在「禮堂」裏，等待來賓們從新房走出來，好讓他把早已準備好了的演講詞讀一遍。

8

花蒂瑪醒來時，已經午夜過後了。

筵席上凡是能喝的，都已醉得糊裏糊塗。住得遠還需要走路的，提着風雨燈唱着笑着回家去。

一家之主的老太太，就是那被稱作「番薯婆」的老婦人，猶在禮堂中，打發了許多事情，然後點着紅燭，回到自己的臥室去休息。

這辦過喜事的椰園，在漆黑的夜晚裏，有着無比的寧靜。

花蒂瑪剛從昏迷回復清醒，口腔裏有一股苦澀的味道，一天的辛勞，再加上那意外的刺激，使她的病況益發嚴重了。她很渴。

「口渴！」她的聲音有點嗄。

稍過些時，新郎張乃豬捧了一盅茶坐在牀沿，於是一張醜惡的臉容又出現在她的眼前了。

這一次，她沒有暈厥。她祇是受驚地「喲」了一聲，舉手用力打去茶杯，翻身下牀，掩面痛哭起來。

「請你不要哭。」張乃豬用哀求的口吻說：「我知道我自己長得醜，但是我一定會好好對待你的。」

花蒂瑪祗管哭。

「你不要哭，好不好？你哭了，我心裏更加難過。」

花蒂瑪依舊不理睬他。

「喏，我再去斟一杯茶給你喝。」

花蒂瑪陡地高聲嚷了起來：「滾！滾！出去！我不要看見你！」

張乃豬含着淚，一聲不響，瘋狂似的奪門而出，在大門口的「食風廊」中，往犄角一蹲，踡曲着身子，無可奈何地兀自飲泣。

椰林裏不時有涼風吹來。四周冷清清的，死一般寂寥，後面小山丘背後常有淒厲的犬吠聲。沒有燈，沒有火，連一點光華都沒有，祗有天上幾粒星星尚在瞬眼。蚊蟲成群結隊在「食風廊」裏兜來兜去。

誰都不知道這一晚張乃豬究竟在甚麼時候睡熟的。日出時，蕃薯婆最先起身，料理了不少瑣碎事務，走出大門口，凝視着睡在涼廊裏的兒子，越看越怒，提起小腳，猛然一蹴，叱道：

「為甚麼睡在外邊？」

乃豬睜開惺忪的眼來，昨夜的疲憊顯然尚未獲得補償。看見母親，祗是吱吱唔唔地答不上話來。

「你究竟甚麼意思？是不是老母替你娶錯了老婆？你到底會不會做新郎？」

乃豬砸砸嘴，誠謹溫良地問道：「她呢？」

「誰？」

「花蒂瑪。」

蕃薯婆兩眼一瞪，咆哮如雷：「早已到椰場去開椰肉了。」

「開椰肉？」

「天時不正，得趁早曬成椰乾。」

「也不必第一天就叫她去做工。」

「我們都是赤手空拳渡過七洲洋，人家說：番山鐳是唐山福，豈可貪吃懶做，白白過番來受苦！娶老婆，不是買回家來當擺設的。不做工，難道就讓她整天坐在屋裏等飯吃！」

乃豬沒有理睬她，祇是用手遮在眉際遠眺。太陽已經爬過山頂，花蒂瑪坐在臨時搭起的帳幔裏，握着一把長刀，正在開椰肉。她的周圍盡是割開的椰子，雪一般白，從遠處望過去，有如地上放着幾百大碗。

「她已經開好不少椰肉了。」乃豬自言自語着，不待母親答話，就忙不迭地奔進屋裏，取了笠帽和茶水直向椰園奔去，奔到花蒂瑪面前，手足無措地站立着。

半晌。

他才期期艾艾地說道：「我給你取了一點茶水來。」

花蒂瑪抬起頭來，見到是他，又是歇斯底里地叫了起來：「我怕見你，請你走遠些！」

「你一定口喝了？」乃豬關心地問。

她的臉上充滿了受驚的神情：「請你不要走近來！請你快些回屋去！」

乃豬無可奈何地將茶壺與茶杯往帳幔裏一放，說了一句：「回頭我再來喚你吃飯。」便嘟着嘴，像喪家犬一般向亞答屋走去。走了幾步，忽然又回到花蒂瑪身邊來，說道：「天熱，太陽毒，我斟杯茶給你喝吧！」

花蒂瑪瞅了他一眼，終於又狂叫了起來：「我怕，我怕見你！請不要走近我，不要走近我！」

乃豬聽了幾句話，羞憤交集，心似刀割，遂廢然回屋。

蕃薯婆還站在涼廊中，望見乃豬來去匆匆，心裏大不以為然，因此當乃豬經過她身邊時，她就惡聲惡氣地嘲笑他：「給你娶老婆，為的是想多一個人服侍你，怎麼啦，老婆進門了，卻要你自己服侍她，這是甚麼道理？」

乃豬不理她，祇是自顧自闖入臥房，將門反背一鎖，然後一步一步地逼近梳妝枱，對鏡自照，臉很紅，太陽穴上漲起幾條青筋，咬咬牙，緊握桌上的鐵尺，憤然向鏡面猛摔，鏡面盡破。

接着，乃豬怒氣仍盛，像一隻癲狂的野獸似的，完全失去了理智，凡是可以反映他面貌的東西諸如銀器，瓷瓶，銅壺等等，幾乎沒有一件不被他摔得粉碎。

這時節，蕃薯婆在門外聽見摔物聲，急得拚命用拳頭打門，問道：「乃豬，你在做甚麼？」乃豬則在室內拚命用拳頭搥擊自己胸膛，大聲獨白：「我為甚麼長得這樣醜！我為甚麼長得這樣醜！」

他用十隻手指憤恚地抓自己的臉孔，皮破出血，面頰上血淚交流，形狀十分恐怖，有點像漢劇關雲長的臉譜，只是那些紅色是用黰黰的鮮血塗的。

這時節，花蒂瑪從椰園返來了。

剛進門，蕃薯婆就大聲地咆哮起來：「都是你這個死查某嫻！」（註：查某嫻即丫頭之意）。

說着，順手擎起牆邊的掃帚，咬牙切齒地往花蒂瑪身上重重一擊。

花蒂瑪腳一軟，跌倒在地。

蕃薯婆像瘋狗似的用掃帚猛擊她。

蕃薯婆大聲詈罵；花蒂瑪大聲呼叫。

張乃豬奪門而出，狂嚷道：「媽！不是她的錯，請你不要打她！」

蕃薯婆依舊怒不可遏，兩眼張大如銅鈴，破口大罵時唾沫星子亂噴：「死鬼！不給一點顏色你看看，就不知道老娘的厲害！」接着，舉帚猛擊花蒂瑪。

乃豬連忙上前，抅僂着背，好用自己的身體去掩護在地下打滾的花蒂瑪，因此備受擊撻。

蕃薯婆益發憤恚了，叱道：「你這個不長進的東西！既然你不會管老婆，就讓我來替你管！」

乃豬翻過身來，用力奪去母親手裏的掃帚。

老人手中的掃帚被奪去後，立即俯下身去，一把揪住花蒂瑪的頭髮，有如拖着一隻狗似的，直向後園拖去。

花蒂瑪祇得在地上爬行，邊爬邊嚷。

乃豬和女傭金姐都來勸阻，怎樣也無法使蕃薯婆息怒。

花蒂瑪一蹶一顛地被拖到貯藏間裏，祇聽得蕃薯婆厲聲厲氣地叱了一句，「賤貨！瞧你還敢稱強麼？」木門便鎖上了。

貯藏間裏黑漆漆祇有一個小窗口，裏面堆着不少農具與堆物，牆角密佈了蛛網，空氣極悶，有一股腥臭的味道。

花蒂瑪透了一口氣，剛從地上爬起來時，門外傳來了母

蕃薯婆揪住花蒂瑪的頭髮，直向貯藏間拖去。

子的對話：

乃豬用哀求的語氣說：「媽！請你饒了她罷！」

蕃薯婆依舊生花蒂瑪的氣：「死鬼！你若再不肯與我的兒子同房，我就禁閉你一輩子！」

乃豬還在哀求：「求求你老人家放了她罷！」

蕃薯婆的聲音：「沒有出息的東西！還用得着你替她求情？快去洗臉！瞧你那副死相！」

乃豬的聲音，「你老人家就開開恩，放了她罷！」

蕃薯婆的聲音：

「起來啊！誰要你跪在這裏？起來！」

接下來是一片噤默。

花蒂瑪受盡了委屈，繃着臉，踡伏在牆腳，目不轉睛地楞着那個小窗口，緊抿着嘴巴，氣憤得連哭泣的勇氣都沒有了。

稍過些時，門外又傳來乃豬的聲音：「請你原諒我，花蒂瑪，你就答應了吧！我知道我長得醜，配不上你，但是只要你肯答應，我就是一輩子替你做牛做馬也甘願！」

花蒂瑪不出聲。

於是又傳來蕃薯婆的聲音：「死鬼！你還不進來洗臉！」

然後門外甚麼聲音都沒有了。

很久很久之後，天色完全漆黑了，貯藏間裏伸手不見五指，花蒂瑪有些害怕。小窗口外忽然傳來一股泥土的氣息，原來又在下雨了。雨打椰葉，澌澌作響。

花蒂瑪有意無意地凝視着小窗口，不覺一怔。

窗口突然出現了乃豬的臉。

「你一定肚餓了，我給你送飯來。」他說。

「我不餓。」花蒂瑪倔強地答。

乃豬將飯碗從小窗口外送進來，花蒂瑪不但不去接，反爾背過身來，以背朝着窗，不理他。他說：「請你千萬別生氣。我母親心腸很軟，只是脾氣大一點，但常常發過就算的。」

花蒂瑪兀自飲泣，不出聲。

蕃薯婆在遠處呼喚：「乃豬！你在哪裏？」

乃豬直着嗓子回答：「媽！我在這兒啦！」

蕃薯婆吼道：「快進來！下着這麼大的雨，你站在雨中幹麼？回頭着了涼，可不是鬧着玩的。」

乃豬拉長嗓子應了一聲：「哦，就來了！」然後轉過頭來，細聲細氣地對花蒂瑪說：「花蒂瑪，如果你嫌我長得醜，我可以睡在地板上的，你就答應了吧，免得受苦。」下來又是蕃薯婆的聲音，「死鬼！你還不進來？」乃豬只是用哀求的口吻，要求花蒂瑪同房不同牀，花蒂瑪依舊不理他，而蕃薯婆的聲音則越來越大了：「你要尋死啊！雨下得這麼大，還不快點滾進來！」

乃豬無可奈何地走了，將一碗飯留在小窗口。

雨很大。

椰葉在風中互擊，發出似訴似泣的聲響。

於是夜漸深。

花蒂瑪倦極而睡，醒來時四周仍是漆黑一片，猜想已經午夜過後了。雨已止，遠遠忽有歌聲傳來，仔細諦聽，原來是梁亞扁的聲音，唱的依舊是「要吃榴槤當紗籠，想會戀女沒影蹤。」

花蒂瑪捺不住心頭的那一撮火，反身撲地，握緊雙拳向地亂搥。

9

第二天早晨，蕃薯婆坐在佛龕前誦經敲木魚。

金姐在門外問乃豬：「買甚麼菜？」

乃豬垂頭喪氣地答：「隨便買一些就可以了。」

蕃薯婆聽了這句話。驀然中止誦經，朝門外嚷道，「別忘了買半斤豬肉！」說罷，繼續敲木魚。

乃豬走進房裏來，一下子跪在母親面前：「請你老人家放她出來罷。」

蕃薯婆只管綳着臉，口中唸唸有詞，似乎甚麼都沒有聽到。

乃豬再開口時，剛說了「放她出」三個字，蕃薯婆將木魚往桌面重重一擲，憤然把鑰匙丟在地上，乃豬搶也似的俯身拾起，大踏步往外奔去。

奔到貯藏間門口，忙不迭地開了鎖。

門啟開後，外邊射入一道陽光。花蒂瑪躺在牆角，由於陽光太刺眼，不得不用手背掩蓋。乃豬走過來想扶她起身，她卻自己站了起來。

就在這時候，金姐忽然氣喘吁吁地奔來，大聲嚷道：

「不好了，老太太……」

「老太太怎麼樣？」乃豬問。

金姐答，「你們快來喲！」

三人一同走入蕃薯婆的臥房。

「媽，你怎麼啦？」乃豬問。

老人呼吸極急促，「快……抱我……上牀。」

乃豬與金姐將她抱上牀。乃豬問道：「媽，這究竟是怎麼一回事？」

老人臉白似紙，神色非常難看。

乃豬立即吩咐金姐，「快叫亞扁到甘榜裏去請王大夫來。」

這句話給花蒂瑪證明昨夜的歌聲是誰唱的。

金姐奔入椰園，亞扁正在剷草。

金姐說：「亞扁！快來啊，老太太得了急病，叫你趕快到甘榜請王大夫來。」

「甚麼急病？」亞扁問。

「剛才我正要出街買菜時，經過老太太房門口，忽然聽到房內桌子翻倒聲，走進去一看，老太太已經躺在地上了。」

「好，我這就去。」

說罷，亞扁將農具放下，拔腳便跑。

亞扁走後，金姐回入蕃薯婆臥房。花蒂瑪正在給老人端茶，都被那老人用手一擊，茶杯摔碎了，湯湯水水的流了一地。

乃豬勸慰着母親：「媽，你身體不舒服，動不得肝火，耐着點性子吧，待王大夫來了，吃一帖藥，就沒有事了。」

蕃薯婆固執地將臉掉向牀裏。

乃豬轉身望見金姐，問道：「亞扁去了沒有？」

「已經去了。」

「好，你買菜去罷。花蒂瑪，你也累了。不如回房去憩一憩，我在這裏照顧她老人家。」

花蒂瑪偕金姐走了出來，乃豬端了一張椅子坐在牀邊。

過了兩個多鐘頭，王大夫來了。

一番診斷後，乃豬在客廳中細聲問大夫，「醫生，這病要緊不要緊？」

大夫說蕃薯婆患的是心臟病，年邁體弱，病情極嚴重，且山芭無藥物，更乏設備，所以最好送到比較大的埠頭去治療。

於是乃豬決定聽從大夫的建議，準備將母親送到埠頭去。「但是，」乃豬對着花蒂瑪、亞扁與金姐說：「山芭裏找不到汽車，怎樣送去呢？」

亞扁說：「不如做一個擔架牀，由我們抬到前面甘榜的大路上，然後僱一輛的士或者霸王車（註：私下兜客營業的私家車）到埠頭去。」

乃豬尋思一陣，說：「也只有這個辦法了。亞扁，你和金姐去準備一下，我們立刻就去。」

乃豬走到花蒂瑪身前，對她說：

「我要上埠頭去了。」

「…………」

「現在還不知道多久才可以回來。」

「嗯。」

「一切都要看媽的病情才可決定。」

「嗯。」

「如果你晚上覺得害怕的話，你可以叫金姐陪你睡。」

「我已經習慣了。」

「唉！想不到你過我家才三天，卻叫你受這麼多的委屈。」

花蒂瑪咬牙不語。

「我去到埠頭，如果看到有甚麼上好的衣料，一定給你帶幾件返來。」

花蒂瑪不出聲。

乃豬從口袋裏掏出幾張鈔票：「這些錢，你留着用罷。」

「交給金姐好了。」

「這一串鑰匙交給你，是大門和幾隻箱子的。」

花蒂瑪毫無表情地接過鑰匙，亞扁與金姐已經將擔架牀做好了，乃豬吩咐他們抬入蕃薯婆的臥房。

一會，乃豬與亞扁抬着蕃薯婆出來，一邊走一邊回過頭來對着花蒂瑪說：「我去了，你好好看住家，晚上沒有事就早點上鎖。」

乃豬與亞扁抬着老年的病人直向甘榜快步走去。

10

晚上。

整個椰園沒有一點聲響。

兩三隻猴子爬上椰梢，非常頑皮地開始採擷椰子。

天邊無雲，星星在靜穹裏熠閃。

花蒂瑪百無聊賴地憑窗遠眺，想前想後，自有一番惆悵。

金姐忽然走進房來，說：「我要鎖大門，請你把鑰匙交給我。」

「亞扁回來沒有？」花蒂瑪問。

「剛回來。」

花蒂瑪將鑰匙交與金姐，繼續憑窗遠眺，遙聞馬來人跳「浪吟舞」的音樂聲。

金姐又入房來，將鑰匙交還花蒂瑪。

花蒂瑪問道，「今天是馬來人的大日子？」

「不是。」金姐答。

「甚麼地方有人在跳浪吟？」

「小山丘背後，有一家馬來亞人在辦喜事。」

「出嫁？還是迎娶？」，

「迎娶。」

花蒂瑪只是感喟地嘆息一聲。

金姐說：「如果沒有別的事，我要去睡了。」

花蒂瑪隨口答道：「你去睡罷。」

金姐去後，臥室中的空氣顯得更加冷寂。花蒂瑪開始看見前面的小木屋有了燈火，亞扁伏在桌上在書寫甚麼。

亞扁還是那麼漂亮，那麼茁壯，那麼富於朝氣。

她忽然扭轉身來，瞪着眼睛對自己的臥室掃了一圈；牀是空的，粉紅色的枕頭套繡着「鴛鴦戲水圖」，沒有點上火的花燭，牆上掛着一幀張乃豬的照片，一幅紅色喜帳貼着四個大金字：「天作之合。」

馬來人的鼓聲愈擊愈響。

馬來人的鼓聲愈擊愈響。

馬來人的鼓聲愈擊愈響。

馬來人的鼓聲愈擊愈響時，遽爾停止了。

花蒂瑪情不自禁，終於奪門而去，直向小木屋奔去，奔到門口，趦趄一陣後，輕輕推開那扇虛掩着的門。

亞扁抬起頭來，見是花蒂瑪，竟爾發楞了。

兩人久久凝視，不發一語。

「還沒有睡？」亞扁問。

「睡不着。」

「是不是因為乃豬沒有回來？」

「不是。」

「老太太病了？」

「不是。」

「天氣太熱？」

「也不是。」

「那末為甚麼睡不着？」

「連我自己也不知道。」

亞扁擱下筆，端了一隻藤椅來，說：「請坐。」

「不想坐。」

「有甚麼事嗎？」

「沒有甚麼事。」
「既然沒有事，何必來找我？」
「我找你已經不止一次了。」
「謊話！」亞扁顯然惱怒了：「我在河邊等了你幾晚！」
「我病了。」
「這麼湊巧？」
「我現在還有些發熱，你用手撫摸一下便知道了。」
花蒂瑪剛伸出手去，亞扁大叫一聲：「我恨透了你！」便將她一把摟在懷裏，用力吻她……
然後小木屋裏的燈火捻熄了。
夜色朦朧。
椰園進入了一個迷惘境界，陰森與熱烈互不和諧，在和平靜穆中，潛伏着愛恨的矛盾以及恩仇交戰的危機。這魂牽夢縈的一夕，居然如此不平常。
於是拂曉。
金姐好夢正酣，忽聞犬群狂吠，一骨碌翻身下牀，從木窗的小方格子間，看見花蒂瑪躡手躡足地走出小木屋。
她是十分驚詫了。

…………

從此以後，花蒂瑪與亞扁常常在椰林間，嘻嘻哈哈地相互追逐，兩人常常在小山丘的白樺下對唱情歌，或者坐在小石橋邊的農場裏偷吃紅毛丹。

生活得非常愉快，情緒輕鬆到極點。

但是，有一天，郵差送來一封信。

花蒂瑪正在自己房內梳妝打扮時，金姐走進來將信交給她。

她在鬢腳上插上一朵紅花，喜氣洋洋地對鏡自照，有着說不盡的高興在心頭。

她興高采烈地奔入椰園，舉手遙示亞扁。

亞扁立即走到她面前，看見她手中拿着一封信，問她，「誰寄來的？」

花蒂瑪不答，只是笑嘻嘻地繞着樹桿逃，亞扁跟在後面追，到達小山丘，花蒂瑪腿一軟，倒在地上了。亞扁要吻她的面頰，她就把來信擲在他身上，說：「拿去看！」

亞扁拆信。

信是乃豬寫來的，裏面有這樣幾句：

「……母已亡故，待料理善後畢，即返。」

花蒂瑪看出亞扁臉色不對：「是不是他要回來了？」

亞扁沉吟一下。

花蒂瑪又追問一句：「我們的事，怎麼辦呢？」

亞扁微蹙眉尖，一種難以排遣的愁煩困擾着他，使他只會似癡似醉地瞧着遠山發楞。

「你為甚麼不說話？」花蒂瑪問。

「有甚麼好說的。」

「最低限度，」花蒂瑪把小嘴湊近他的耳邊：「關於我們的將來，你總該有個主意才是。」

「我們有甚麼將來？」

「為甚麼沒有？」

「因為你是乃豬的老婆。」

「我沒有與他同過房。」

「在法律上，你仍然是他的老婆。」

「那末，我可以要求離婚的。」

「根據法律，離婚不是在短期內可以做得到的。」

「那怎麼辦呢？」

「沒有別的辦法，你只可以回去乃豬的懷抱。」

「不！不！」花蒂瑪聲嘶力竭地叫起來：「我絕對不能再與張乃豬見面！請你無論如何替我想個辦法！」

亞扁垂着頭沉思，半響，用非常低沉的語氣說：「辦法倒有，但不知道你肯不肯？」
「只要能夠同你永遠廝守在一起，我怎會不肯！」
「我想你是不肯的。」
「請你快說出來，我一定肯。」
亞扁忽然抬起頭來，兩眼毫無目的地瞧着天空，隔了一會，才說出兩個字：
「私逃！」，
花蒂瑪聽了此話，不由得喜出望外，興奮地抱住亞扁的頸項，瘋狂似的叫着：「我願意！我願意！」
「但是……」亞扁依舊緊蹙着眉尖：「我們沒有錢！」
「我們不需要錢。」
「不懂你的意思？」
「只要永遠跟你在一起，無論境遇怎樣苦，我決不口出怨言。」
「話雖如此，但現實是殘酷的。」
「我不怕吃苦。」
「這不是吃苦的問題，這是如何活下去的問題。」
「我願意去割膠。」

「割膠能夠賺多少。」

「依照你的計劃呢？」

亞扁踟躕了一陣，說：「如果你做不到，我說出來也是多餘的。」

「你說！你說！只要我倆能在一起，即使赴湯蹈火，我也願意。」

亞扁隨手拔起一根野草，用牙齒咬着它的莖桿，兩顆眼珠左右打轉，然後輕聲問她：「大門的鑰匙是不是在你手裏？」

「在我身邊。」

「鐵箱上的鎖匙呢？」

「也在我的身邊。」

「你知道不知道牀邊靠壁的那隻大鐵箱？」

「看見過的。」

「有沒有打開過？」

「沒有。」

「你有這隻大鐵箱的鎖匙？」

「不知道，也許會有的。」

說到這裏，亞扁忽然神色非常緊張地握住她的手：「舅父在世的時候，他把所有的金器首飾和鈔票，全部放在這隻大鐵箱裏。我相信乃豬不會將這些東西移藏到別的地方去的。」

「你要我把這些東西偷出來？」花蒂瑪惶惑地問。

「有了錢。」亞扁說：「我們可以跑到很遠很遠的地方去，文德甲、吉隆坡、甚至星加坡。」

「聽說星加坡很大，美麗得像天堂一樣。」

「是的，星加坡很美，但是沒有錢，即使是天堂也會變成地獄的。」

花蒂瑪幽幽地嘆息一聲，顯然有些遲疑不決。

「事情由你自己決定吧。」亞扁繼續說：「如果你認為這是一種不道德的行為，那麼我不想勉強你，因為我之所以有這樣的想法，完全是為了你，為了你我將來的幸福。你若不願意，就當我沒有說。」

花蒂瑪咬咬牙說：「晚上九點鐘過後，只要鎖匙在我手上，我一定把東西送到你的面前。」

11

晚上，有風有雨，整個椰園在風雨中發出似浪似潮的聲響。

九點半。

花蒂瑪捧了一個小包袱，冒着風雨向木屋奔去。

為了避免給金姐察覺，亞扁一見落湯雞似的花蒂瑪，立即將燈火吹熄。

花蒂瑪打開小包袱，要亞扁用手去撫摸。小木屋內一片漆黑，兩人距離不足一尺，但彼此都無法看清面目。亞扁只是用手撫摸着金器首飾，高興得捉住花蒂瑪一陣亂吻。

「我們甚麼時候動身？」花蒂瑪問。

「明天早晨有一班火車到文德甲。」

「為甚麼要等到明天呢？」

「現在風雨大。怎樣走？」他說。

沉默。

花蒂瑪想起那個埠仔的火車站，不由得心花怒放了。她記得四五年前，阿都拉查曾經帶她到那裏去看過一次中國人的舞獅，雖然離此只不過二十幾條石，但已經是另外一個天地了。從明天開始，這個天地將帶給她無限的幸福。她差點高興得狂喊起來。

就在這時候，不遠處突然傳來了一陣犬吠聲。

兩人連忙彼此鬆手，走到窗邊觀望，在密集的雨條中，依稀看見亞答屋有個人影，手裏提着一盞風雨燈。

「花蒂瑪！花蒂瑪！」

那人大聲喊，聽聲音便知道是乃豬。

花蒂瑪沒有理他。

然後乃豬提着風雨燈走進屋內。我傾，又走到涼廊，將風雨燈提得高高的：「花蒂瑪！你在那裏啊？」

一會，金姐也走出涼廊來了。

「金姐，有沒有看見花蒂瑪？」

「剛才我還看見她在自己房裏的。」

「你到小木屋去問一問亞扁，不知道他有沒有

兩人在窗邊看到乃豬在雨中拎着風燈，喊着：「花蒂瑪，你在那裡？」

看見花蒂瑪。你有傘嗎？」

「傘是有的，」金姐答：「不過，照我的猜想，亞扁一定睡熟了。」

「也許還沒有睡。」

「你看，他屋裏的燈火都捻熄了。」

「還是去問一問罷。」

金姐走進屋裏，稍過些時，打着一把傘，拎了張乃豬的風雨燈，踉踉蹌蹌地向小木屋走過來。走到窗邊，捲曲着食指輕敲窗櫺。

「亞扁！」她直着嗓子嚷：「大舍返來了！有沒有看見花蒂瑪？」

亞扁在裏邊故意大聲打了一個呵欠：「誰啊？這樣大的雨還來敲門？」

「亞扁，我是金姐。大舍返來了，問你見到花蒂瑪沒有？」

「我怎麼會知道？」又是一個呵欠，「倦得很，如果沒有別的事，我要繼續做我的好夢啦！」

金姐應了一句，「你睡罷，」就走了。

花蒂瑪拉拉亞扁的衣角，輕聲問他：「怎麼辦呢？他回來了。」

「等一下你從後邊走過去。」

「總得有一個藉口。」

「說是到大伯公廟去燒香，不敢在外邊逗留，所以冒着雨回來了。」

「那末，」花蒂瑪的聲音更加低微：「我們的計劃呢？」

亞扁答：「明天早晨七點鐘，我在火車站等你。」

「火車站離此地還有二十幾條石。」

「所以你必須趁乃豬睡熟時，最好天沒亮，就趕到前面甘榜去搭乘霸王車。火車準八點鐘開行。」

花蒂瑪尋思一會：「還有別的事？」

「沒有了，」亞扁說：「記住，明天早晨七點鐘。」

「我回屋去了。」

「好的。」

「我給你的那包東西呢？」

「在這裏。」

兩人走到門背後，拉開一條門縫，先看看外邊有沒有動靜，然後花蒂瑪衝入雨簾去了。

花蒂瑪從後面走進亞答屋，混身濕漉漉的。

乃豬獨坐房內，神情十分沮喪，一見花蒂瑪進門，連忙奔來相迎，「快去換衫吧，招了涼可不是鬧着玩的。」

花蒂瑪從箱子裏取出乾衣服，走到牀邊布幔背後去換衫。

乃豬問她：「你去哪裏？」

花蒂瑪照亞扁教她的謊話說了一遍。

乃豬忽然用低沉的口吻說：「我寂寞極了，請你千萬不要離開我！」

聽語氣，似有意，又若無心。花蒂瑪有點心虛，從布幔後面走出來時，連說話的勇氣都沒有了。乃豬則兩手捧着腦袋，繼續說下去，「母親死後，除了你以外，我再也沒有第二個親人了。亞扁雖說是我的表弟，但究竟是遠親，靠不住的。」

花蒂瑪不覺一怔，心忖：「莫非乃豬已經知道了？」但是冷靜一想，認為這種顧慮實在是多餘的。

她十分鎮定地說：「睡罷，你一定很辛苦了。」

乃豬第一次聽到這樣體貼的話，不由得喜形於色了，興沖沖地解開衣鈕，沒有獲得花蒂瑪的首肯，逕自往牀上一躺。

花蒂瑪不加阻止，而張乃豬也的確疲倦到了極點，上牀不到五分鐘，便已呼呼熟睡。

深夜過後，花蒂瑪開始伏在八仙桌上執筆寫留書。她讀書不多，中巫文都不大通順，平常又很少寫信，所以提起筆來時，感到非常沉重：

「……我走了，你不要難過。我出走的原因有兩個，一個是我怕你；另一個是我恨你。

我們的結合，根本不合理，所以為了你的幸福，也為了我的幸福，我決定離開你了。這是你的鑰匙。還給你。」

寫完字條，雨仍未停，離開破曉尚有一兩個時辰，覺得時間尚早，想去看亞扁，問他是否可以一同去火車站。於是將一串鑰匙往字條上一壓，踮起腳跟，躡手躡足地走出亞答屋，直向小木屋奔去。

小木屋的板門暢開着，裏面沒有人，亞扁早已走了。

花蒂瑪立即回入亞答屋，提起包袱，邁步便走。

雨水淋得她混身濕透，山芭小路則泥濘滑腳，天又黑，野狗跟在她背後狂吠。

她有點怕，但精神十分愉快。

五更時分，她抵達了甘榜的公路邊。有一家糕呸店已經開門，幾個膠工在喝早茶。

一個司機走來向她兜生意，車費五元不算太貴，但必須俟至客齊時始可開車。

「如果客人不齊呢？」花蒂瑪問。

「七點鐘準開車。」

「能不能早一些？」

「除非你包車。」

「包車幾多錢？」

「二十元。」

花蒂瑪雖然急於離開甘榜，但覺得包車價錢太貴，想想實在有點捨不得。況且火車開行時間是八點，即使七點鐘出發也絕對不會誤點。

因此，她決定等候了，腦海裏一直在憧憬着美麗的遠景。正想得高興時。掛在牆上的自鳴鐘，忽然「鏜鏜鏜」地敲了六下。她開始不耐煩了，又深怕乃豬看到那張字條追來找她，於是忙不迭地對那司機說：

「好了，我給你二十元包車。」

司機要先收錢：花蒂瑪也祗好照付。於是車子開動了，乘客就是她一個。

半小時以後，她終於抵達火車站。

她走入候車室，對四周掃了一眼，亞

花蒂瑪搶步上前，伸手攔阻亞扁的去路。

扁還沒有來，抬頭望鐘：六鐘三十五分。

她感覺到無聊。有些坐立不安。她注視着每一個乘客，希望亞扁早些來到。

七鐘半，亞扁沒有來。

七鐘五十分，距離開車的時間尚有十分鐘，亞扁還是沒有來。

七點五十五分，花蒂瑪急得汗流如注了。

七點五十七分，亞扁來了，挽着一個少婦，樣子十分親暱。花蒂瑪搶步上前，伸手阻攔亞扁的去路，亞扁卻瞪大眼睛問她，「你是誰？」說完，憤然拂袖，拉着少婦，快步進入月台。

花蒂瑪瘋狂似的喊着亞扁，卻被鐵門前的收票員擋住了。收票員告訴她，若要進入月台必須購票。於是她匆匆忙忙地走到票務間去買月台票，回身進入車站時，火車剛剛開動。

她無可奈何地隨着火車奔跑。

當她發現車廂裏的亞扁和那個少婦時，她跌倒了。

火車也就飛也似的向遠方駛去。

12

花蒂瑪冒雨回家，精神沮喪，一種不可言狀的情緒激聚在心頭，分不清是悲哀抑或憤恚。

乃豬堆着笑容，站在涼廊裏等候她，眼眶裏已有淚水湧出。看見花蒂瑪踏着泥濘的小路走過來，連忙進屋去，拿一把傘，上前去相迎。

花蒂瑪被扶入臥房後，只是坐在椅上發楞，不哭，不笑，不言語，雙目定睛，臉白似紙。那種失神落魄的樣子，叫人看了害怕。

「你回來了，那就好啦！」乃豬擒着眼淚說：「我是一個非常寂寞的人，尤其是母親去後，除了你，我再也沒有第二個親人了。你若離開我，我便是這世界上最孤獨的人了。現在，你回來了，我真高興！希望你再也不要離開我。」

花蒂瑪聽了這一番話，內疚萬分，驀地狂笑起來，笑得瘋瘋癲癲，縱身跳起，看見繡花架上有一把剪刀，拿起來，就要猛刺自己胸膛，終被乃豬用力截住：

「這個使不得！使不得！」

花蒂瑪還是不肯鬆手。

乃豬緊緊握住她的手腕，使她不得不將剪刀掉落在地上。

「你鎮靜點！」乃豬扶她坐定後，自己蹲在地上，抱着她的膝蓋說：「一切我都知道，祗要你不再離開我，我可以把這件事完全忘掉。」

花蒂瑪依然歇斯底里地狂笑，笑聲極可怕。

乃豬則噙着眼淚說：「我原諒你！我甚麼事都可以原諒你！」

但是花蒂瑪不能原諒自己，由於刺激過度，連神經都略見錯亂了。

她雖已回到椰園；但是她的心卻已經給火車載到遙遠的地方。

一連幾天，她總是抿着嘴，不想吃，不想睡，也不想說話。

每天從早晨到夜晚，她祗是呆若木雞般的靜坐着，神志仍恍惚，對任何事物似乎皆不感興趣。

有一天，乃豬扶她到椰園去散步。

乃豬為了逗她高興，大聲高唱「十二月報謌」。她也毫無表情。

乃豬令她坐在石櫈上，自己則捲起袖管，想學猴子爬椰樹，但也爬不多高，便摔了下來。他自己笑得十分天真，她卻依舊無動於中。

「你究竟在想些甚麼？」乃豬問她：「別想了，過去的事已經過去了，多想也沒有用。」

花蒂瑪還是目瞪口呆地發愣。

「下個月待我把這裏的事情弄清楚，我陪你到各地去旅行，散散心，你說好不好？」

花蒂瑪點了頭。

這一個小小的動作，卻證明了她的健康已有顯著進步。乃豬欣喜逾常，下了最大的決心要陪花蒂瑪週遊全馬。

半個月之後，花蒂瑪已漸次恢復精神上的平衡，但體力仍弱。乃豬已將瑣碎雜事料理清楚，於是決定割讓幾十「依葛」（註：馬來亞華僑稱畝為依葛）椰園給一個英國人，作為旅行的費用。

他們先到檳榔嶼，舉凡極樂寺、丹絨督光的漁村、蛇廟，舊關仔角康華列斯城堡，都有他們的遊蹤。

然後他們乘車去太平，在太平湖邊飲茶；在太平山頂看日落。

然後到了吡叻的首府怡保，南天洞的異峰突起使他們留連忘返。

然後他們在吉隆坡的「湖濱花園」竹叢下吃沙爹；在芙蓉王家山「水塘花園」散步；在馬六甲參觀十七世紀葡萄牙人建立的大炮台；在新山動物園裏看老虎。

然後他們到了星加坡。

他們在星加坡逗留的時間最長，而星加坡給予他們的新鮮感也最濃。這座最著名的獅城有着歷久彌新的輝煌。

有一天，他們到「五叢樹下」散步。

「伊莉莎白女王道」是新建在海邊的「姻緣路」，全部用彩色的方磚鋪成。從「安德遜橋」一直伸展到「康樂亭」，每隔二十步就有一盞微斜的現代街燈，一邊靠海；一邊是綠茵繽紛的公園。公園裏有陣亡將士紀念塔，有噴水池，有修剪得非常整齊的樹木，此外。石櫈隨處皆是，以便遊人休息之用。

時近黃昏。花蒂瑪與乃豬坐在石欖上遠眺海上的船隻。落日光輝使大海有了黃金色的漣漪。

「我們已經來了半個月，」乃豬說：「你覺得快樂嗎？」

「嗯。」

「星加坡比起我們的山芭，賽如兩個世界。」

「嗯。」

「這些日子，你的精神似乎比從前好得多！」

「嗯。」

「我知道我長得醜，不過我可以拿我的心來彌補自己的缺陷，祇要我們廝守在一起，相信幸福一定會屬於我們的。」

花蒂瑪大為感動，反身撲在乃豬肩膀上，飲泣起來。問他：「你為甚麼要待我這樣好？」說完，她忽然看見梁亞扁同一個打扮得花枝招展的女人迎面走來。

這突如其來的刺激，使她遽爾昏厥。

乃豬大愕，連忙抱她到「美芝律」，揮手僱一輛街車，遄返旅館。

而亞扁同那個女人則站在樹下觀望。

女人不耐煩地問他道：「你在看些甚麼？」

亞扁答：「那個女人好像病倒了。」

「自己的事也管不了，還去管人家的閒事。」
亞扁依舊極表關心地張望着，女人頻頻拉他的衣角，意思是：「有甚麼好看，走罷。」
兩人走到海邊，往石櫈上一坐。
女人厲聲厲氣地問，「事情究竟怎麼辦？」
「甚麼事情？」
「錢哪！」
亞扁兩手一攤，聳聳肩，表示沒有。
「沒有？」女人的語氣很難聽。
亞扁沮喪地答，「全部花完了。」
「為甚麼不寫信給你的父親，讓他寄一些來？」
「我的父親？」
「你不是說你的父親在聯邦有幾千依葛的樹膠園？」
亞扁仰天狂笑。
女人問：「你怎麼啦？」
「老實告訴你罷，」亞扁裂裂嘴說：「我根本就是一個窮光蛋，現在手頭連一占錢都沒有了，你迫我也沒有用！」

「你連一占錢都沒有？」

「我的錢都是用一種不明不白的手段騙來的，甚至連以前對你說的話，也都是騙你的。」

女人憤懟到了極點，陡地摑了他一巴掌，洶洶然獨自向「美芝律」走去。留下亞扁孤單單地坐下石櫈，雙手掩着自己的面龐，像懺悔，也像飲泣。

13

乃豬扶着花蒂瑪回到旅店，連忙請了一位唐醫來。醫生替她按了脈之後，笑嘻嘻地對乃豬說：

「恭喜！恭喜！尊夫人患的是一種喜病，一切都很正常，祇是受了點驚嚇，不礙事的，我這裏開一貼安胎的方子，煎湯喝下，好好睡一覺，明天包你沒有事。」

乃豬直發笑，笑得連嘴都合不攏，一邊送醫生下樓；一邊連聲道謝，高興得甚麼似的。然後回入房內細聲安慰花蒂瑪：

「醫生說你有喜了，不礙事的，睡一覺就會好的。」

花蒂瑪聽了此話毫無表情。

乃豬繼續說道：「我去配藥，你好好靜養一會罷。」

花蒂瑪說：「叫夥計去配好了。」

「不，」乃豬說：「還是我自己去，省得麻煩人家，好在巴剎（註：巴剎即小菜場，但裏邊也有熟食檔）附近就有一間藥舖，我配好藥即刻便返。」

乃豬走後，花蒂瑪內疚焚心。

耳邊聽到一陣嗡嗡聲，她開始聽到了自己的聲音，其實是她思潮的澎湃：「我有喜了。可是這孩子不是乃豬的。他待我實在太好了，我怎麼可以欺騙他？我怎麼可以欺騙他？我怎麼可以欺騙他？亞扁這個沒有良心的東西，騙了我的身體又騙了我的錢，卻去勾引別的女人。現在我要這個雜種做甚麼？」

想到這裏，她咬咬牙，勉力支撐起身子，爬下牀來，歪歪扭扭地走出房去。走到樓梯口，她覺得頭有點暈眩，腿也酸軟，但仍勉強走下樓，蹣跚地出街，在街口搭上巴士。巴士直向「中峇魯」駛去，經過熱鬧的二馬路，轉向較為清靜的住宅區，花蒂瑪發覺賣票員正在點數鈔票，於是眼一閉，趁車輛正在急駛的時候，縱身跳了出去，跌在街邊，一連在路上打了幾個滾。

「自殺！」有人叫了起來。

巴士立即停車。

車上的司機、賣票員和乘客都圍攏來觀看，花蒂瑪則頭破血流地躺在街邊，呼吸很急促。

有人奔入糕𠺢店打電話，撥了九九九喚叫一輛救傷車。

三數分鐘後，救傷車來了，兩個男護士抬着擔架牀，將花蒂瑪抬入車內，載到中央醫院。

醫院距離肇事地點極近，不到五分鐘病人已被抬入急救室。

傍晚時分，護士們將花蒂瑪送入了病房。醫院當局問她有無親屬在星，她吃力地說出了乃豬的地址。

乃豬獲得通知後，立即趕到醫院。他要進入病房，醫生叫他暫時候在外邊，不要去驚動她。

「醫生，她怎樣了？」乃豬焦急地問道。

醫生尋思一陣答：「孩子已經掉了。」

「大人呢？」

腿部受傷相當重，需要再照一次愛克斯光。

「不會有性命的危險罷？」

「傷勢不算輕，還沒有完全脫離危險時期。」

「我可以進房去嗎？」

「她需要休息，最好等她睡一覺再進去。」

醫生走了。

乃豬顯然坐立不安，心中焦急萬分，額上沾滿汗珠，沒有希望，也沒有失望，只是一片絕望的痲痺，那一對空茫無光的眼睛，瞪得大大的，好像在凝視着甚麼，又好像甚麼都沒有看到。

夜色漸濃。

對街有霓虹燈廣告，時明時暗。

張乃豬的情緒也像霓虹燈一般，忽明忽暗。有時候，他祇想捉住自己一陣打；有時候則痲痺得全無知覺。

他在病房門口踱來踱去，不知道踱了多少個圈子後，對街的霓虹燈熄滅了，然後聽到幾聲雞啼。

一位護士小姐從病房走出來，對乃豬說：「現在你可以進去了。」

乃豬躡手躡腳地走入病房，走到她牀邊，花蒂瑪還瞌着眼，於是佝僂着背，在她耳邊輕叫了兩聲。她掀開眼皮，乜斜着眼珠對他一瞅，忽然瘋狂似的叫了起來：「我不要看你的臉！」

乃豬被她這一叫，嚇得一連倒退了幾步，目瞪口呆地直發楞，然後抖巍巍地舉起雙手，無可奈何地掩蓋着自己的面龐：

「請你不要不睬我，」他的聲音也在發抖：「我已經用……用手把面……面孔遮起來了。」

花蒂瑪哀慟地抽哽。

乃豬繼續細聲細氣地說：「剛才醫生說，你的病過幾天就會好的。你不要難過了，如果你想不開，我會更受不了。」

花蒂瑪哭得更哀慟。

乃豬無可奈何地回過身去，走到窗邊抬頭望天。他的眼睛凝視天穹，面頰上掛着兩行眼淚。

「老天爺，」他自言自語地發誓道；「讓她早日復原罷！祇要花蒂瑪沒有事，我知道我肯為她而死。」

14

一個月過後，正當榴槤花開的時候，張乃豬陪着花蒂瑪回到椰園來了。

椰園沒有多大變動，只是有一種空落落的寂寞之感。

金姐看見了他們，高興得祇會流淚，不會說話。

乃豬對花蒂瑪說：「你先回屋裏去休息，我到椰園去看看。」

金姐扶着花蒂瑪進屋，斟了一杯茶給她。

花蒂瑪懷着清淒的情緒走到窗邊，看小木屋，看椰園，看椰園背後的小山丘，心裏有一種無法描摹的感覺。

「這些日子，椰園一直沒人來過？」她問。

「誰還肯上我們這裏來喲！」

「家裏人手少，應該請幾個孟加厘人（註：印度人）來剝椰皮。」

「大舍有這個意思嗎？」

「大舍還準備自己建造椰灶，用來熔乾椰肉，全部圍磚牆的。」

金姐聽了這番話，歡喜得手舞足蹈：「這樣就好啦！」

「要實現這個計劃，得先找一個靠得住的葛巴拉。」（註：葛巴拉即工頭。）

「如果亞扁在，問題不就解決了？」

「亞扁？」花蒂瑪迷惘地說了兩個字。

金姐挪前一步說：「提起亞扁，我倒忘記告訴你。大前天在甘榜的粿條檔上，我曾經看見過他，好像比舊時瘦得多。」

「他跟你說些甚麼？」

「我問他為甚麼不回到椰園來，他只是搖搖頭，嘆息一聲，甚麼話都沒說。」

「他住在甚麼地方？」

「我問他時，他只是搖搖頭。」

「之後呢！」

「他向我借五扣。」

「哦。」

這時候，乃豬從椰園回來。一見金姐便嚷道：「肚餓了，快去煮晚飯，」吃過晚飯，由於整天的辛勞，大家都睡得很早。

第二天。剛起身不久，大門口忽然傳來一陣犬吠聲。乃豬走到涼廊觀望，原來是甘榜裏的銅三伯公。

銅三伯公是一位七十幾歲的老人，是這山芭地區的小僑領，當年以豬仔身份過番，在胡椒園裏工作過十幾年，有了些積蓄，便走到這山芭地區買下幾百依葛地，種點橡膠樹，後來發了一筆小財，於是變成這偏僻地帶的領導人物了。

乃豬恭恭敬敬地將老人家迎入客廳，端一盅茶在他面前，問。

「銅三伯公有何貴幹啊？」

老人撚撚白鬚答：「後天中元節了，想請你到舍間去磋商一下籌備事宜。」

按照馬來亞華僑的傳統，中元節是一個十分重要的節日，凡是同區居民，無論貧富，皆須出力出錢，在廣場上搭個台，白天作為和尚們誦經超度用，到了夜晚，則請一班漢劇團或潮州戲來，大鑼大鼓地演出幾個節目。山芭地區居民，一年難得幾回娛樂的場合，而中元節的戲，毫無疑問地是最隆重的娛樂。

為了這個緣故，銅三伯公才肯親自出馬來邀請乃豬去參加籌備工作，其目的無非是想乃豬出些錢或者出些力。

乃豬知道這件事是推委不了的，也就一口答應來客的請求，帶了一柄洋傘，跟隨老人到甘榜去。臨行時還叮嚀花蒂瑪說：

「我去開會，說不定下午才能回來，你自己一個人在家，沒有事，別亂跑。」

但花蒂瑪一個人在家是非常無聊的，乃豬走出不久，她就吩咐金姐開飯。

吃過中飯後，她覺得有些納悶，便走到椰園去溜達，然後走上小山丘，兀自坐在榕樹下回憶着過去。

她聽到了一陣歌聲，一陣非常熟悉的歌聲。

斑鳩食水呵，咕咕咕呵。

哥有情來妹有意……

那是梁亞扁。

高高的個子，大大的眼睛，祇是比從前清瘦了些。

「剛才看見乃豬和銅三伯公到甘榜去，所以特地趕來看你。」

「你回來作恁？」

「看你。」

「為甚麼要看我？」

「這些日子，我一直在這裏等你。」

「等我？」

「花蒂瑪。」亞扁求恕了，「過去的種種都是我的錯，請你原諒。」

「……」

「我知道你一定非常恨我。」

「……」

「那一次的事，完全是我一時糊塗，離開你之後，才發現我是怎樣的錯誤了。我幾乎無時無刻不在想念你，失去了你，我就失去一切。」

花蒂瑪的嘴嘬得很高，沉吟一下，投過一瞥詢問他的眼光，用苛責的口氣問他：

「你失去了一切，可是我呢？」

亞扁頗表歉疚地說：「你為我受盡委屈，我非常清楚；但是事情已經做錯了。我唯有求你饒恕和原諒。」

花蒂瑪臉上的表情，既呆板又凝滯。

「請你不要恨我。」亞扁想吻她。

她閃避開了，然後不打自招地說：「我不能不恨你，但是我又不能恨你，每一次我恨你深切入骨時，我憎恨的卻是張乃豬。」

「我相信乃豬永遠得不到你的心。」

「他待我實在太好了，我曾經勉強自己去愛他；但是我愛的又不是他。」

花蒂瑪躺在草地上，以兩手墊在後腦權作枕頭。

亞扁尋思一會，說：「你既然不愛他，為甚麼還要留在這裏？」

「不留在這裏，到甚麼地方去？」

亞扁接口答：「跟我一起走。」

「走？走到甚麼地方去？」

「天涯地角，四海皆可為家。」

「前次我下過最大的決心。」

「請你不要提前次的事，可以嗎？」

「我始終沒有忘記。」

「這一次，」亞扁發誓了：「如果我再失信，一定不得好死！」

「我怕聽死字。」

「你長此耽在這裏，還不是和死去一樣？」

花蒂瑪的心突然往下一沉，不知道應該說些甚麼才好。

亞扁的神情非常緊張：「花蒂瑪，請你相信我，跟我一起走罷。」

「……」

「讓我帶你到遙遠的地方，我準備拿下半世的一切來贖回我的罪行。」

「……」

「你若不跟我走，我這一輩子再也得不到平靜了。花蒂瑪，我需要你，答應我罷，跟我一起走。」

「我心裏很亂。」

「不必亂。」亞扁說：「猶豫是解決不了問題的。」

「你的計劃？」

亞扁喜形於色，興奮地說出他的計劃來，「後天是中元節，你設法慫恿乃豬和金姐去看街戲，下午六點半，有一班南行的火車，我在車站等你。」

這時候，椰園裏忽然傳來乃豬的呼喚聲：「花蒂瑪！花蒂瑪！你在哪裏？我回來了！」

亞扁萬般情急，頗呈慌張地問：「怎麼樣？」

「你說，」花蒂瑪反問他，「你在車站等我？」

「下午六點半。」亞扁肯定的答。

花蒂瑪似乎對他仍不能信任，因此就追問一句：「不會像上次一樣？」

「如果我再變卦，一定不得好死！」

花蒂瑪頷首。

椰園裏又傳來乃豬的呼喚聲。

亞扁欲吻花蒂瑪。

花蒂瑪從他的懷抱中掙脫出來，一口氣奔下小山丘，奔入椰園遇見乃豬時，已經氣喘吁吁，連話都說不出來了。乃豬關心地問她：

「你在甚麼地方，真把我急死啦！」

「我在小山丘上隨便走走，你急甚麼？」

乃豬天真地說：「我以為你又要離開我了。」

「不會的。」花蒂瑪說：「我永遠不會離開你的。」

「這樣就好。」

兩人向亞答屋走來。

花蒂瑪問他，「中元節的事，談得怎樣？」

「還是跟去年差不多，」乃豬回答，「銅三伯公早已邀了一班漢劇團來唱三天街戲，此外大家捐了一點款子，只是今年他們推舉我做主任委員，所以事情就比去年要忙得多。」

「你捐了幾多鐳？」

「我本來祇想捐五百扣，結果捐了一仟。」

「今年我們還要建造椰灶，需要用的錢很多。」

「我知道。」乃豬說：「不過，這是公家事，況且我又當了主任委員。」

花蒂瑪沉默大半天，走入客廳後，她問：「漢劇團準備演些甚麼戲？」

「第一晚演『武松與潘金蓮』。」

「這個戲講些甚麼？」

「我也不大清楚。」乃豬搔搔頭皮，期期艾艾地答：「據銅三伯公剛才開會時解釋，說這是一齣好戲，上演起來一定很熱鬧。」

「誰是武松？」

「銅三伯公說：武松是中國的一位英雄。」

「誰是潘金蓮？」

「銅三伯公說：潘金蓮是中國的一位美女。」

「武松愛上了潘金蓮？」

「銅三伯公說：潘金蓮是武松的嫂嫂呢。」

「武松的哥哥一定也是一位英雄？」

「銅三伯公說：武松的哥哥是一個矮子，長得很醜，而且不會打架。」

「武松與潘金蓮有甚麼關係？」

「沒有甚麼特殊的關係，」乃豬尋思了一陣：「記得銅三伯公說，潘金蓮是給武松殺死的。」

「為甚麼？」

「因為……因為銅三伯公說，潘金蓮覺得自己的丈夫相貌太醜，所以姘上了一個叫做西門慶的小白臉，武松看不過這種事，就一刀將潘金蓮殺死。」

花蒂瑪聽完這一段話，不覺怔了怔，沉着臉，悄然走入臥房。有無限的感觸。

乃豬以為自己失言了，站在客廳裏發楞，久久不敢再說一句話。

15

中元節是「鬼的季節」；但是山芭裏的「人」卻特別高興。

整個山芭比新年還要鬧哄，所有店舖全部休息，大大小小都嘻嘻哈哈地穿上新衣，從家裏揹了長櫈，不論遠近，皆徒步前往廣場觀看街戲，觀看和尚誦經，觀看綁在場邊的紙紮鬼。

戲台上鑼鼓喧天；戲台下則是黑壓壓的一大堆人叢。小販們多數來自數十里外的，搶着做生意，或售沙爹，或售囉惹，或售紅豆冰，或售炒粿條……都不肯放棄這難得的機會。

五點鐘。

張乃豬穿得整整齊齊的邀花蒂瑪一同去參觀街戲。花蒂瑪推說頭痛，不想看，卸慫恿乃豬和金姐去。

六點鐘。梁亞扁在埠仔的火車站上等候花蒂瑪。

六點鐘。乃豬在廣場上張羅周至地忙碌着。

六點鐘。花蒂瑪獨自一個人在臥房裏面，天黑了，燃上一盞美孚油燈，然後持燈坐在繡花架前，開始安詳地刺繡「比翼雙飛圖」。

七戰半。梁亞扁不見花蒂瑪來到，知道事情變了卦，眼看火車向南疾駛，心中憤恚到了極點。

八點鐘。亞扁回到山芭，廣場上的街戲正在演出「武松與潘金蓮」裁衣一場。閃閃躲躲地擠來擠去，都始終找不到花蒂瑪。

於是他拚命向田野奔去，像一匹脫韁的馬。

八點鐘。花蒂瑪全神貫注地刺繡。一針上，一針下，臉上的表情非常呆滯。

忽然有人叩門。

花蒂瑪根本不予理睬，只是悶聲不響地刺繡。

叩門聲愈來愈急。

門外是亞扁的聲音：「花蒂瑪！花蒂瑪！」

花蒂瑪還是不理。

亞扁火到極點，幾次呼喚都得不到應聲，於是用肩膀拚力撞門，一次，兩次，三次……最後終於將門撞開了。

花蒂瑪連頭都沒有抬一下，兀自坐在燈前刺繡，態度十分鎮定。

亞扁氣急咻咻地闖了進來，兩隻眼睛瞪得很大，沉默一陣，驀地開口了，逐步逐句，漸次迫近花蒂瑪：

「我在車站等你！」

花蒂瑪不出聲。

「你沒有來。難道你忘記了我們的諾言？」

花蒂瑪咬牙切齒地垂着頭。

亞扁又挪前兩步，大聲咆哮着，「剛才我敲了半天門，你沒有聽見？」

花蒂瑪繃着臉，抿着嘴。

「你知道我是離不開你的。」

花蒂瑪依舊一針上一針下的，看都不看他。

亞扁已經走到花蒂瑪面前，見她不理睬，也就野蠻地，伸出雙手，用力搖着她的肩膀，十分痛苦地嚷：「我需要你！我愛你！你知道嗎？」說罷，湊過嘴去要吻她，她拚力掙脫。

亞扁將她緊緊抱住，用力撕破她的上衣，一邊強吻她的粉頸；一邊歇斯底里地狂叫起來：

「我需要你！」

花蒂瑪被他抱得連呼吸都非常困難，但仍咬着牙，兩手攔住他的腰，摸到繡花架上的長剪刀，擎起來，閉着眼睛往亞扁背脊上一刺！

鮮血像噴水器一般，從亞扁的背脊上向四面濺開。

亞扁痛極狂嚎，倒退幾步，不留神碰翻了那盞美孚油燈。燈落地。

美孚油從破碎的燈壺裏流出來，流到東，火就在東邊燃燒起來；流到西，火就到西邊燃燒起來。

首先，繡花架着火了。

滿室瀰漫着氤氳的煙靄。

繼爾，八仙桌着了火。接着，貼「天作之合」四個大金字的喜帳也燒了起來。

亞扁背上插着剪刀，雙目定睛，凝視着花蒂瑪，神態非常恐怖。

花蒂瑪站在牆角，竟爾似瘋似癲地狂笑起來。

「我……不能……離開你，你……你不相信嗎？」亞扁的聲音開始發抖。

花蒂瑪用鼻音「哼」了一聲，揶揄地說：「不錯！我當然相信你是不能離開我的，要不然，我怎會把偷來的錢財全部交給你，還冒着雨趕到火車站去！」「但是你今天為甚麼……為甚麼不……不到火車站來？」「我怕你再帶一個女人到南方。」

亞扁因為流血過多，臉色頓呈蒼白。他用手支撐着，想挪開步子，卻一點氣力都沒有。

他痛苦地呻吟着，兩眼時時眨直。

「花蒂瑪，」他吃力地嚷：「你……你不相信……我是真……真心愛……愛着你的。」

花蒂瑪搖搖頭。

亞扁發現八仙桌上有一柄尖刀，擎了起來，驀地向花蒂瑪擲去。

尖刀擲中花蒂瑪的胸部！

花蒂瑪穿着一襲紗質的「娘惹裝」，蟬翼般薄，剎那間就全部被鮮血滲透。

她的左手掩着前胸；右手抖巍巍地指着亞扁：「你應該知道……祇有我……一直在真心愛着你！」

亞扁忽然慘叫一聲，踉踉蹌蹌地向花蒂瑪走過來，走不了兩步，便倒下了。

火勢漸熾。

花蒂瑪含着眼淚，對已經斷了氣的亞扁含情凝視，然後自言自語地說：「再會吧！我的亞扁！」

她走近亞扁的屍體，側着身子躺在地板上，伸手撫摸他的臉頰。

火勢更烈了。喜帳着了火，木牀着了火；蚊帳着了火，椅子着了火，桌子着了火，木柱着了火，上樑也着了火。

整個亞答屋瀰漫着濃煙與烈火，但由於附近居民全部到廣場去看「街戲」了，所以一直沒有被人發覺。

16

「街戲」在廣場上演出「殺嫂」，大鑼大鼓，十分鬧哄。山芭中人，一年難得看一次好戲，大家都站在長櫈上，仰頭觀看，對劇中人的未來命運無不表示由衷的關切。

幾十隻臨時掛起的煤汽燈，將整個廣場照得通明，鑼鼓稍止時，就會發出一種非常難聽的嘶嘶聲。

張乃豬精神抖擻地在場上照顧一切，胸前佩着一朵大紅花，用釦針釦了一條紅綳帶，四個毛筆字：「主任委員」！叫人一看便知道他是個重要人物。

為了這個緣故，每一次有誰對他看多一眼，他內心就會產生一種輕鬆的感覺。唯其有了這樣的感覺，他就越發起勁了，從黃昏到夜晚，他幾乎忙得連氣都透不轉來，一會兒幫忙燒紙人，一會兒照料戲班子的飲食；一會兒替別人尋找走失了的孩子，一會兒又忙於給暈倒的老年人抹萬金油……總之，忙得連自己飲一口茶水的空閒都沒有。

就在這時候，人叢中忽然傳出一聲吶喊：

「失火了！」

戲台下立即引起一陣騷亂，有人站在長櫈上遙指天空：「就在那邊，長長的火舌！連焦味都聞得到，一定不會太遠。」

大家爭相攀登高處。

兩個割膠工人最先爬上椰樹梢，一個說：「張家椰園失火了！」另一個也說：「張家椰園的亞答屋失火了！」

乃豬聽說自己園子失火，心裏一沉，立刻像一頭失理性的野獸似的，向漆黑的田野拚命奔去。

許多住在附近的鄉里，也跟着後面奔去看熱鬧。

奔到椰園，祇見大火熊熊，站在大門口，臉上就已經感到熱辣辣了。

大家手忙腳亂地擠來推去，有人主張「合力挑井水！」但有人認為，「火勢這樣熾烈，就是挑河水也撲不滅了。」

乃豬忽然大聲狂呼：「花蒂瑪！花蒂瑪！」

金姐拉着他的手，不讓他向火屋奔過去。

「屋都快倒塌了。」金姐歇斯底里地嚷：「你走進去是很危險的！」

亞扁背部中剪後，將尖刀擲中花蒂瑪的胸部。

乃豬忿然拂袖，大叱一聲：「不用你管！」逕自不顧一切地衝入火屋。

火屋已經搖搖欲墮。

四角的木柱全已歪倒，幾根上樑也變成了火棍。屋頂的亞答屋草是最易着火的東西，祗有幾垛牆壁還沒有被燒穿。

東南風颼颼吹來，火焰就一尺比一尺高。

火焰捲住黑煙舔着靜空。

乃豬衝入火中，一邊流着眼淚；一邊咳嗆着。

「花蒂瑪！花蒂瑪！」

他感到有點窒息。

高熱使他沁汗，面孔亮晶晶的，像是戲班子裏的藝員剛塗上油彩。

一塊正在燃燒的木條，突然擊中他的背部，差點暈了過去。

「花蒂瑪！花蒂瑪！」

他聲嘶力竭地吶喊，終於衝進了煙火騰騰的臥房。

「花蒂瑪！」他嚷：「你在哪裏？」

然後他依稀聽到花蒂瑪的呻吟聲。

他提起衣角來抹去眼眶裏的眼淚，因此看見了倒在地上的亞扁與花蒂瑪。

亞扁已經斷氣。

花蒂瑪尚存奄奄一息。她仰天躺着，胸脯插了一把刀，下半身則埋在灰泥、碎磚、焦木堆裏，一點都動彈不得。

乃豬見狀，不由自主的匍匐在地上。狂呼不停，痛哭流涕。

花蒂瑪勉強張開了眼皮，有氣無力地說：「你……你……你回來啦！」

乃豬要抱她起來，但由於她的下半身給泥磚和焦木壓住了，動都不能動。

乃豬越用力，她就越痛。

火勢極烈，呼呼有聲。

「你快走罷！」花蒂瑪說。

乃豬不理她，自己走過去，用手去搬移那些泥磚和焦木。

但是搬不了多少，他的手受傷了。手背沾滿濃釅的鮮血，刺痛得很，一直痛到心裏。

「乃豬，」花蒂瑪第一次親暱地叫他的名字：「請你快走出去，不要顧我。」

乃豬仍在儘速地搬動那些東西。

「快走！」花蒂瑪嚷。

「我不走！」

「我是不中用了。」

「別那麼想，我一定可以把你救出去的！」

上樑陡地「嘩啦啦」的一聲，墮下一段焦木，恰好落在花蒂瑪身上，花蒂瑪暈過去了。

「快走喲！這房子就要塌下來啦！」張乃豬拚力狂嚷。

花蒂瑪稍微張開眼。

火圈縮小了。

兩人被火包圍着。花蒂瑪氣息奄奄連呻吟的氣力都沒有。

乃豬傴僂着背，讓四圍的火焰烘烤着自己。如果是平時，他早就不支倒地了。但是現在不同，他的耐韌力似乎特別強，不知道來自甚麼地方的一股神秘力量，使他在缺乏氧氣的火圈中，非常奮勇。

他揮汗。

他流血。

他遍體灼傷而不自覺。

他咳嗆得很厲害。

他還盡力吶喊着：「花蒂瑪！我快將這些東西搬好了，你耐着點性子，我們就可以出去了！」

花蒂瑪已經暈厥過好幾次，情勢非常危殆，祇是還沒有斷氣。

縱然如此，她的神志卻十分清醒。她知道自己在一兩分鐘內就會離開這人世間了，因此心境反而靜若止水。她十分感激乃豬的一片真情，為了這個原因，所以她不肯嚥下最後一口氣。她更知道乃豬即使將自己救出火屋，也絕對救不了她的命。第一次，她真正地愛上了這個面貌醜陋的丈夫，可惜那祇不過是一兩分鐘的事。

當乃豬將壓在她身上的泥磚和焦木快將搬完時，一磚泥牆忽然傾倒了，倒在花蒂瑪的身上。她竭力掙扎，卻發現自己竟一點氣力都用不出來了，她覺得面前一片迷糊。

大火在發瘋。

隨處都是雜物倒塌的聲音，唯一不倒的祇有火。

這時候，火是主宰。

任何東西都必須在火中毀滅；但也有大火毀滅不了的，那就是這種永恆的內在痛苦。

於是在火中，傳出了乃豬的聲音：

「花蒂瑪！你不要怕！我一定永遠地伴着你！你……你……不要怕！」

稍過些時，又傳出乃豬的聲音：

「花蒂瑪！花蒂瑪！你在那裏呀？我看不見你！」

然後是花蒂瑪的聲音：

「乃豬！我……我對不住你！」

嘩啦啦……火屋全部塌倒了。

×　　×　　×

第二天早晨，金姐在灰燼裏撿到了一條燒焦的金鏈子，後來她把鏈子交給了在醫院療治的乃豬。

藍色星期六

1

星期六。到××出版社去領稿費。

主編人老張囑我寫一個中篇，指定以馬場為背景。

我一口答應。

但是為了出版排期，他要求我預先擬好一個題目。

就我過去的寫作經驗，通常總是撰完全文後始訂題目的，像這樣連腹稿都沒有就先想妥題目的情形，可以說是破題兒第一遭。

抽完兩枝捲煙，我說：「稱作《藍色星期六》，如何？」

老張沉吟一陣，問：「這是一個相當古怪的題目，有甚麼特殊的暗示嗎？」

「沒有甚麼暗示，祇是我覺得頗為切題罷了。」

「切題？」

「因為香港賽馬是在星期六舉行的。」

「那麼藍色呢？」

我點燃了第三枝煙，說：「藍色是女神維納斯的顏色，維納斯是愛情神。」

「你有意寫一個以馬場為背景的愛情故事了。」

「我有這樣的企圖，但是可能寫不成功。」

「為甚麼？」

「我腦海中連故事的輪廓都沒有。」

老張聽了這句話，立即訕訕地轉換一種鼓勵的語氣：「我喜歡你的題目，也喜歡你的企圖，希望你能夠想出一個愛情故事來，早日繳卷。」

「最好暫時不要排下出版日期，」我說：「讓我回家去想一想，再作決定。」

2

回到家裏，我似乎遽爾失去了思想的方法，獨自一個人望着靜靜的馬場。

我的家座落在黃泥涌道畔，站立在騎樓上便可俯瞰整個馬場。在不舉行賽馬的日子，如果是白晝，這馬場的草地上總會有許多運動員，穿着紅紅綠綠的運動衣，奔來奔去踢足球。可是太陽落山後，這偌大的馬場就頓時寂寥下來了。現在華燈初上，面對着這靜悄悄的馬場，我的思慮機構遲鈍到極點。

我墜入了苦思，久久站在騎樓上，直到天邊出現繁星點點，還是連個輪廓也想不出。

說到賭馬，打從我第一次進入快活谷算起，到現在也有十年以上的歷史，其中我曾經離開香港到南洋去了四年，但始終沒有與馬場疏遠過。按照常理來推斷，我若有意寫一個以馬場為背景的中篇，應該不是一件十分困難的事。

然而事實證明這樣的推斷並不可靠。

因此我不得不承認刻意求文，祇會引導思想入犄角。

吃過晚飯。獨自一個人坐在書桌前，百無聊賴地翻閱舊作。

在一本短篇小說集中，我發現了一篇以馬場為背景的短篇小說，題名「馬場花魂」，是我四年前寫給一家晚報的副刊發表的。

「花魂」有個情節相當離奇的故事。

發表後朋友們都說：「這是傳奇，」甚至有人認為：「這是向壁虛構的傳奇，絕對不會有這樣的事情。」

其實，真事之酷似小說常會有超過向壁虛構者。

就這篇短短二千餘字的故事來說，其中除了一些所謂「小說的穿插」之外，大部分倒是根據事實來寫的。

問題是：這件事情的過程實在太離奇了，離奇到連我自己都不敢相信。

事情是這樣的：

四年前。某一個星期六，我到快活谷去賭馬。

這一天，我的運氣特別壞，從第一場到第九場，全部落空。摸摸口袋，還有二十塊錢。

我已輸得沉不住氣了，終於決定將這僅存的二十元去買四張「欽天監」的溫拿（獨贏）票，買票的人很多，擠了半天，才擠到售票處，剛把錢塞進鐵絲欄，就覺得有人輕拍我的肩膀，回頭一看，原來是一個衣飾華麗的女人，約莫二十幾歲，穿一件藍色的旗袍，藍色的鈕子，髮上也插了一朵藍色的小花。

「對不起，請代買八張欽天監。」她說。

我點點頭，接過她手中的鈔票。

買好票，分給她八張。

她向我道謝。我仔細地端詳了她的臉龐：大眼長睫，薄唇白齒，相當消瘦，但自有一種惹人憐愛的神韻。

她從我手中接過票子，走了。

我當即走上看台，紅燈已熄，群馬起步，六化郎賽，「欽天監」一路落後，但是，當抵達最後一「瓜得」時，突然疾步如飛，終於奪獲冠軍。

領彩的人與買票的人一樣擁擠。

我剛將票子交與派彩人，又覺得有人在拍我的肩膀。，回頭一看，還是那個衣飾華麗的女人；藍色的旗袍，藍色的鈕子，一朵藍色的小花。

「對不起，」她對我說：「請費神代領。」

我接過她手中的八張溫拿票。

領好彩金，正預備將彩金分給這位穿藍色旗袍的女人，但她已不見。

我很驚詫。

我認為世界上決沒有買中馬票而不願領受彩金的人。

可是一直等到馬場熄燈，還不見她的影蹤，再不走，馬場管理員要來干涉了。沒有辦法，祇好回去。

第二次特賽。又是星期六。

我再到快活谷去尋找運氣。剛進門就遇到那個長睫大眼的女人，依舊是藍色的旗袍，藍色的鈕子，髮上插朵藍色小花。

我立刻上前與她打招呼，手裏端着一疊鈔票：「小姐，這是你的彩金。」

她凝眸微笑：「還是請你代我買『玫瑰艷』的溫拿吧！」

「全部？」

「是的。」

我趕到「玫瑰艷」的售票處，連自己的在內，一共買了六百元。

結果「玫瑰艷」果然跑第一。

然而這穿藍色旗袍的女人又

那女人託我代領所中的八張溫拿票。

不見了。

一直到散場，還是找不到她。

兩個星期過後，第三次特賽，我很早就趕到馬場。這一次，我不想賭，祇想尋找那位髮上插一朵藍色小花的女人。

找了整整一下午，沒找到。

以後幾次特賽，我每次都到場，卻再也見不到她了。直到新春大賽。在第四天暴雨似注的時候，那位穿藍色旗袍的小姐又出現了。

我立即簽了一張支票，送到她面前。

完全出乎我意料之外，她淡淡地對我瞅了一眼，問：「做甚麼？」

「這是你的彩金。」我說。

她似乎生氣了：「你以為鈔票可以買到一切嗎？」

「小姐，」我微笑着：「你誤會了，這實在是你的彩金！」

她噗哧一笑，接過支票，說一句「謝謝你」，便將支票撕得粉碎，臉一沉，悻悻然走出馬場。

我當即接踵而出。

跟在她背後沿着山村道走。

走了一陣。
她突然站定，回過頭來問：「為甚麼老跟着我？」
我從口袋裏掏出一張卡片，對她說：「這裏有我的電話號碼，隨便甚麼時候，你需要我付還你這一筆彩金，請通知我好了。」
她接過卡片，毫無表情地走了。
三天過後，我果然接到她的電話，邀我立即把錢送到她的家裏去。她告訴我她自己姓夏，名叫莓仙，住在馬場附近××號。
於是我向經理請了半天假，到銀行去取了些現款，僱一輛的士，趕到跑馬地，下車步行，不久便找到了那個門牌。
我叩門。
啟門的是一位白髮老人。
「找誰？」
我答：「找夏莓仙小姐。」
那老人對我上下打量一番，然後蹙起眉尖對我說：「隨我來。」
我跟老人走了進去。老人說他是這一家的老家人。
在一棵老槐樹邊，老人站停了，說：「她在這裏。」

我不覺大吃一驚。

原來那是一座墳墓。

墓前立着塊小石碑，碑的正面劇着「夏莓仙小姐之墓」，下面是「一九五一年一月六日立」。

看了這塊小石碑，我久久發呆，連話都說不出來了。

老人則在一旁自言自語：

「可惜喲，這位美麗的小姐，年紀輕輕就自盡了。」

「自盡？」

「在馬場輸了許多錢，輸得連累丈夫都破產了，沒有面目再見她的丈夫，因此用一把小刀割開喉嚨，死了。」

「她的丈夫呢？」

「也自殺了，」老年人對我仔細端詳着：「跳海死的，連屍首都沒有找到，說起來，他的面貌倒長得跟你先生很像。」

聽到這番話，我不覺倒抽一口冷氣。

望望墓，墓頂有一堆藍色的花朵。

3

這是一個情節離奇的短篇，如果我說完全根據事實寫成，當然誰也不會相信。但是我在上面已經說過，這是我親身經歷過來的事實。

記得當時我寫完這個短篇後，自己重讀一遍，同樣感到事情的過分蹊蹺，常於無所事事時，用一種懷疑的態度來回憶這一段奇遇。

這些年來，我總是反覆詢問自己：這位名叫夏莓仙的女人究竟是人？還是鬼？

現在再讀這篇文字後，不但使我引起微妙的聯想；抑且深自驚異了。

我有了一個無法解答的問題。

我認為這個故事尚缺少一個顯明的交代，草草結束，是誰也不饜足的。然則又將有一個怎樣的發展和結尾呢？如果給它在神秘中裝上一個不合情理的結尾，就會失去任何意義，若要合乎情理，像這樣離奇的故事，即使是向壁虛構的，也難免沒有斧跡鑿痕。

說到鬼，我是不相信的。

但是我的那篇小說卻明明是個「鬼故事」。

出版社方面需要的是一本以馬場為背景的戀愛故事；而不是一本以馬場為背景的鬼故事。

因此我不得不另覓題材。

老張一再打電話來，催我儘速殺青這篇「藍色星期六」，我則每以苦無題材為答。

「相信馬場裏有的是動人的故事。」他說。

「我同意你的看法，」我說，「然而這是可遇而不可求的。沒有誰可以在馬場找到故事，祇可以在馬場遇到故事。」

「可是，你的小說已經排定了出版日期。」

「這一次，恐怕不能如期繳卷了。」

他頓一頓說：「這樣罷，你離開香港已四年，不妨到馬場去看看，也許現場的氣氛會引起你的煙士披里純（INSPIRATION）。不過，千萬不要下注。」

我接受了他的勸告，決定到馬場去作一個不下注的旁觀者。我希望因此而獲得一些啟示。

星期六。

第三次賽馬的首日，由於夏令時間已過，日晷縮短，所以祗賽八場，下午兩時開始。

我在兩點半抵達「快活谷」，第一場已跑過，大熱門「荷蘭飛俠」不負眾望，奪得冠軍。第二場紅燈已亮，新馬B班，半哩一七〇碼，十二匹出跑。我對掛牌看了看，暗忖：「這場比賽，司馬克的『人之美』，根據報章的預測，出閘必領先，穩操勝券。」我頗有意一搏，但因為主意早經打定，所以決定不賭。

比賽結果：「人之美」第一。悔極。

第三場，西灣灣讓賽，第六班馬跑長途，照看：蔡克文執轡的「紳士」，人強馬壯，應該獲勝。

啟閘後，「紳士」佔位極佳，進入直線後，竟疾步如飛，勝了三個馬位。

我既悔且恨。悔不該袖手旁觀，連小注都不下，否則，至少也可斬獲多少了。

其實馬場就是這樣一個古怪的地方，當你沒有進去的時候，不但神志清明，抑且抓得定主意。但是一進馬場大門，任你如何清明，過不了兩場，你就甚麼主意都沒有了。

我當然不能例外。

所以第四場響鈴後，我對這最富刺激性的短途決賽，已經忍無可忍。

況且，我既是來尋找煙士披里純（INSPIRATION）的，當然不能不有些刺激。我希望看到全港最佳良駒在最後五十碼的「獅子滾球」，震盪一下心弦。

可是要在這中間攞一掄魁，實在不是一樁易事。「雲深鹿」華而不露，有前速又有後勁；「沙城」是大熱門，雖佳，未必可靠；而「夜遊人」素有馬王之稱，狀態佳絕，祗是負磅太重。

我決定賭「雲深鹿」。

走到票櫃，準備購五十元獨彩票與五十元位置票。剛取出鈔票，有人輕拍我的肩膀，回頭一看，我不覺大吃一驚。

那是「夏莓仙」。

四年不見，依舊藍色旗袍，依舊藍色的鈕子；依舊一朵藍色的小花。
她似乎較前豐腴，濃妝艷服，既文雅又灑脫，一對眸子有着奪人的魅力，含笑盈盈，那種神情有點像同熟朋友招呼；也有點像無言的致謝。她比四年前更美，更媚艷。
我吃了一驚。
久久發楞，就不出半句話。
這樣的巧遇，不但別人不信；連我自己都以為在做夢。
然而她開口了。
「對不住，」她說，「請你代買五百元『紅光』。」
我接過鈔票，輕輕問她：「夏小姐，你還認識我嗎？」
她怡然一笑，不答是，也不答否。
於是我又追問一句：「為甚麼不買雲深鹿？」
「太熱。」
「但是『紅光』並不在巔峰狀態。」
她頗有自信地答：「我相信『紅光』會贏的。」
我遲疑了一陣，她的信心終於改變了我的初衷。買票時，我自己也買了一百元「紅光」的獨贏票。

買好票，將票分給她。我說：「四年不見，你好？」

她用空茫的眸子對我上下打量，然後若有所悟地說：「真是四年不見了。我經常來馬場，一直沒有見到你，你到甚麼地方去了？」

「一家報館請我到星加坡。」

她「哦」了一聲，帶着「原來是這樣的」意思，頓了頓，才不經意地問：「去了四年？」

「是的。」

「最近才回來？」

「是的。」

「要不要再去？」

「不去了。」

「為甚麼？」

「香港有很多地方值得我留戀。」

「譬如說……」

「四年前，在馬場遇到一位小姐，託我代她買票，結果買中了，卻不願意領取彩金。」

「還有呢？」

「還有她寫了一個地址給我，原來家裏祇有一個墳墓。」

「難道連這些也值得你留戀？」

「我並不留戀這件事，我念念不忘的祇是那位小姐。」

「你一定非常好奇？」

「我有一個問題，卻始終無法獲得解答。」

她驀地笑了，笑得很跋扈，「你以為我是鬼？」

「墓碑刻着你的名字。」

她眉毛一揚，臉上呈露着一種神秘的表情，說：「來，快開賽了，讓我們到前面去佔一個位子，不然，可能連比賽的情形都看不到。」

走到看台，紅燈已亮，十二匹短途良駒均已站在閘前。

我對「計算機」一看，「雲深鹿」佔二萬六千五百張，為大熱門。「沙城」是次熱門，佔一萬八千五百張。而我們買的「紅光」，僅得一萬張左右。

「紅光倘能贏出，」我說，「溫拿派彩可能在三十元以上。」

夏莓仙一邊用望遠鏡凝視對面草地上的馬匹，一邊不經意地回答我：「信不信由你，『紅光』一定贏。」

「取得了特殊的貼士？」

「任何貼士都是不可靠的。」

「那末，你怎麼會斷定『紅光』一定贏？」
她沒有回答我。這時但聞「嘩」然一聲，群馬起步了。
「沙城」放出，一路領先。「紅光」雖佔第二位，可是已在五乘後面。
我說：「距離太遠，恐怕追不上？」
她依舊不出聲。
霎那間，群馬已轉入直路，「沙城」顯乏後勁，馬王「夜遊人」似疾矢飛上，卻避出外欄。「紅光」及時拚殺，衝刺之勁，實屬罕見。
我高興得狂喊狂叫。
夏莓仙的態度十分安詳，愉喜不形於色，祗是略一揚眉，將票子遞給我：
「請你代我領一領彩金。」
我從她手中接過溫拿票，堆上一臉笑容，問她：「希望你不要像四年前一樣：中了馬票，放棄彩金。」
她俏皮地瞟了我一眼：「我在這裏等你。」
我當即走下看台，走進裏面領彩金。
領好彩金走出來時，心忖：不知道她會不會像四年前一樣又不見了？
回上看台，她居然沒有走。我把彩金交給她，她說：「你應該請我吃飯。」

「能夠同你一起吃飯，實在是我最大的光榮。」

「甚麼地方？」

「法國飯店？或者美心？」

「美心。」

「甚麼時候？」

「今晚九點正。」

說罷，她站起身來，走下看台，連頭都不回，便婀婀娜娜地朝大門走去。

我贏了六百多元，還獲得一個不可企求的艷遇，我自有一種難於描摹的喜悅。對於最初的目的，已置之腦後，暫時忘記了尋求題材的企圖，卻一心計劃晚餐時的談話內容。

4

夏莓仙的一顰一笑，都具有一種世故美。

當我們在「美心餐廳」進晚餐時，我發現她有點艷若桃李的外表；也有荒涼似老妓的心境。

從談話中，我知道她是一個飽經滄桑的女人，吃過苦，現在則生活得很舒適。她讀書不多，也有過兩三次失敗的戀愛經驗。

談到四年前的邂逅，我對她說。
「四年來，你給我留下了幾個無法解答的問題，使我每一次想起時，就感到痛苦。」
「你必定相信一些神秘的東西了？」
「但是，我不敢請你替我解答一些問題。」
她用一種祇有電影裏才能看到的灑脫動作，取一枝淺藍色的Sobranie Cocktail，叼在嘴上，讓僕歐替她點火。然後對我有意無意地瞟了一下，問：「真的每一次想起我時，就感到痛苦？」
「四年來，」我答，「你的影子時刻糾纏着我。」
「我們的邂逅是如此的短促？」
「然而是如此的奇異。」
「你是為了那一份奇異而想到我？」
「為了那一份醉人的美麗。」
她不禁發笑了，笑得俊俏之至，兩隻眼睛骨溜溜的一轉，發射出一股迷人的光芒，使我覺得十分阢隉不安，彷彿被她探悉了自己的秘密，既窘且慚。
「你要我替你解答問題？」她問。
「是的。」
她沉吟着，舉杯呷酒：「說吧。」

經她這麼一催，我縱有千言萬語，此刻也難開口了。我祇期期艾艾地，欲言又止，正因為我想問的問題是不便啟齒的。

她頹然往椅背一沉：「你害羞了。」

我點頭不語。

「為甚麼？」她追問。

半晌過後，我才迸出這樣的一句話：「我覺得你很神秘。」

「中了馬票不領彩金？」

「這是一點。」

「還有呢？」

「四年前，我按照你給我的地址到你府上去，發現一個墳墓，小石碑上刻着你的名字，和立碑的日期。」

「因此你把我當作鬼？」

「如果我把你當作鬼，那就甚麼問題都沒有了。問題是：我始終都不相信你是鬼。」

「可是你也不相信我是人？」

「紅光」及時衝刺，奪獲冠軍。

「我一直希望你是一個人。」
「那末，讓我坦白告訴你吧，你的希望已經實現了。」
「然而……」
「然而甚麼？」
「我不明白府上怎會有你的墳墓？」
她笑吟吟地呷了一口葡萄酒，艷麗的臉上泛起一片紅暈。「我嫁過人，」她說道，「丈夫是個殷實商人，姓林，名忠，相當有錢，祇是年紀大一點，比我大十幾歲。她待我很好，對於我的要求，無論合理的或者不合理的，從不拒絕。在這種情形下，我既毋需擔憂柴米油鹽，又不要為瑣碎小事而受閒氣，因此終日無所事事，反爾覺得十分無聊了。我學會了賭錢，因為我們夫婦之間的感情並不好。」
「學會了賭馬？」
「起先是打打麻將，後來又覺得打牌不夠刺激，恰巧那時候認識了一位賽馬專家，第一次下注便贏了幾十塊。」
「所以就變成了馬迷？」
「倒並不是完全因為錢的關係，結婚以後，我從未為錢操心過。」
「既然不為錢，為甚麼要賭馬？」

「為了尋找刺激。」

「你的丈夫並不加以阻止？」

「祇要我感到快樂，他還儘量地鼓勵我。」

「你當然輸過錢的？」

「第一個月就輸去兩萬。」

「你的丈夫有甚麼表示？」

「他開了一張支票給我。」

「第二個月呢？」

「輸了三萬多。」

「你的丈夫又開了一張支票？」

「不錯。」

「第三個月呢？」

「他要到舊金山去接洽一宗買賣。」

「留下了一筆錢給你？」

「我要求他把保險箱過戶給我。」

「他答應了？」

「他帶我到銀行去過了戶。」

「保險箱裏有着他一生的積蓄？」

「如果不是全部，至少也在百分之九十五以上。」

「是一個好丈夫。」

「可是我是一個壞妻子。」

說到這裏，他幽幽地嘆息一聲，微笑得異常淒楚，似悔若恨地說下去：「他走後，在短短幾個月中，我竟把保險箱裏的一切，全部輸光！」

「你也未免太糊塗了。」我聽得有些忍不住。

她愁苦地朝我一笑：「有時候，我對自己的所作所為，也常常百思不得其解。以這次賭馬為例，我最初實在無意於贏錢的，輸了錢之後，我就急急於翻本，結果是翻本愈糟，最後終於鑄成大錯。」

「有沒有將賭馬的情形，告訴你的丈夫？」

「沒有。」

「為甚麼？」

「因為他的身體素來孱弱，精神上受不住這個打擊。」

「他遲早終會知道的？」

「我希望在他回港之前，贏回輸去的一半。」

「你手頭已無賭本？」

「所以我把家中所有值錢的東西，全部變賣了。」

「結果如何？」

「又是一敗塗地！」

「那怎麼辦呢？」

「就在這時候，我接到了他從美國寄來的信，說是公事已經談妥，日內搭輪返港。我急得像熱鍋上的螞蟻，終於想出了一個不是辦法的辦法。」

「甚麼辦法？」

「我在家裏偽造一個墳墓，叫石匠刻了一個墓碑。然後寄了一封假遺書給我的丈夫，告訴他我因賭馬大輸，無顏再見他的面，所以割喉自殺。」

「但是你為甚麼還常在馬場進出？」

「他從美國回港後，我一度隱居在新界，不讓任何親友見到我。」

「後來呢？」

「約莫一個月過後，我在報章上看到他的新聞，說他經商失敗，跳海自殺。」

「一定內疚萬分？」

「正因為如此，我又恢復賭馬，企圖讓刺激來治療我的創傷。」
「不怕親友見到？」
「除了我的丈夫，我誰都不怕。況且天下面貌酷似的人並不少。」
「你怎樣維持生計？」
「起先，我手頭還有多少零錢，之後我結識了一個女朋友，她邀我到西貢去做舞女。」
「你答應了？」
「為了想賺一些小錢，為了想轉換環境，為了想忘卻舊恨，為了想自由自在地做一個人，所以我答應了。」
談話至此，我們已吃完最後一道菜。僕歐送蘋菓批和咖啡來，夏莓仙卻又要了一杯威士忌，她似乎有點傷感，眸子消失了先前那種神彩，久久噤默，有一種難以比擬的幽美。
「我不應該提起那些往事。」我頗表歉意地說。
她感喟地嘆一口氣：「祇有不幸的故事最動人；也祇有動人的故事最不容易忘記。」
從她說話的語氣中，我知道她並無不快，祇是慨然於往事如煙。因此我問：
「有一件事，對於我也是最不容易忘記的。」
「甚麼？」
「你也許會嫌我多嘴。」

「你一定有不少問題，需要我替你解答。」

我點點頭。

「那末說罷。」

飲了一杯馬推爾後，我說：「這個問題猶如一把鎖，老是鎖着我的心，但是你帶走了鑰匙。」

「甚麼問題？」

「你為甚麼中了馬票，不要彩金？事實上，那時候你的環境也不好。」

她臉上的惆悵已褪，略一凝眸，在沉吟裏怡然微笑。然後垂下頭，打開手提袋，掏出一張四寸的照相，遞給我。

那是一個中年男人的相片，瘦瘦的臉型，深陷的眼圈，五官很端正，但看得出是個體質纖弱的人。

「這是誰？」我問。

她沒有立刻回答，祗是俏皮地凝視住我，眼底蘊藏着少婦的溫情。久久才說：「像不像你？」

至此我始恍然大悟，於是漫不經心地脫口而出：「一定是你的丈夫？」

她微微點頭：「你也許會對我的出發點表示憤恚，但是無論如何我想幫助你，倒是千真萬確的事實。」

我突然心一沉，有種說不出的感覺，不知是甜？是酸？原來她想在我身上，贖回她自己的罪愆。那時候，她的丈夫已自殺，她有過分的內疚，無法治療，企圖在馬場購買刺激，卻遇到了一個與她前夫面貌相似的我，施一些小惠，俾能換取一縷安慰。

這個出發點當然並不壞，至少她沒有害人之心；但是對於我，這個玩笑未免開得太大了。說實話，這四年來，我時常對這件事產生過不少遐想，然而絕對想不到我的奇遇，祇是作為一個無辜犧牲者的代表，平白無故地接到了一次施捨。

如果這不能算是侮辱，也決不像是恭維。

我有點生氣。

又覺得沒有生氣的必要。

心忖，人生本來就是荒謬的，既然是糊塗的開始，就不必有一個認真的發展。對於眼前的處境，我唯有改採「遊戲人間」的態度來和夏莓仙周旋了。我說：

「你的丈夫的確與我有些相似，不過他有錢，我是一個窮光蛋。」

「有一個時期，我幾乎完全忽略了錢財在人生中所佔的重要地位。」

「所以錢財使你栽了一個大跟斗。」

「為了這個緣故，我在西貢時，竟變成一個掘金女郎。」

「結果如何？」
「求財比散財難得多？」
「鎩羽而歸？」
「倒也未必盡然。」
「另有收穫？」
她咯咯發笑，笑聲中帶點譏諷意味：「在西貢，做了兩年舞女，賺到的錢，不算少，但也祇能用以改善自己的生活，合起來，未必夠我賭一場馬。你所說的另有收穫，倒是給你猜中了。我在湄公河畔，結識一個法國軍官，她很喜歡我，戰事告一段落後，從前線歸來，一定要帶我去巴黎。我最初沒有答應他，他聳聳肩。後來答應了，他也聳聳肩。去到巴黎後，他買了不少首飾和新裝給我，住的是最華貴的旅館，我們恣意享受，沉湎於酒和歌中，不知愁苦為何物。半年過後，他的銀行存款已提完，把最後一筆小錢替我買了一張船票，叫我回返香港。臨別時，他聳聳肩雙手一攤，笑得非常可愛。我就這樣回到香港來了。」
「回港後，依舊賭馬？」我問。
「不錯，」她說，「依舊賭馬。」
「把法國軍官給你首飾全變賣了？」
「是的。」

「如今又想再做掘金女子？」

「不想。」

「找到了有錢的對象？」

「沒有。」

「看樣子，你生活得很好？」

她點點頭。

「應該有個解釋？」

她並不正面回答我，祇是舉起酒杯，一口飲盡後，對我說：

「到我家裏去坐坐？」

我看看錶：已十點正。我說：「太遲了。」

她迴眸一笑，說：「夜仍年輕。」

於我付了賬，替她披上圍巾，一同走出「美心」。走到對街，她啟開了一輛「標域」的車門，自己駕駛。我坐在她旁邊。

車子直向山上駛去。

5

夏莓仙住在梅道，是一幢精緻的西班牙式小洋房，沒有樓，前面有大塊草地。

她將車子放入車間，領我入客廳。

客廳佈置得極雅致，一進門，就教你有一種愉快的感覺。兩端設有落地窗，一通花園；一通涼廊。靠右，有一個半圓形的「酒吧」，酒櫃裏放着各式各樣的酒，甚至包括貴州茅台和紹興黃酒在內。酒櫃上面，掛着一張無名氏的油畫，據夏莓仙說：「這是在巴黎陋巷裏買來的，祇花一百法郎，便宜到連油彩的成本都不夠」。縱然如此，其他的傢私卻絕不馬虎。特別是那幾隻沙發，不但質料上佳，而且設計新穎。四壁作棗紅色，裝着一些式樣別緻的暗燈。靠左牆上，置一架落地收音機，上面掛一張類似畢加索派的大油畫。柚木地板上則舖着一張豹皮。

「你一個人住在這裏？」我問。

「還有一個女朋友，就是同我一起去西貢的那位，叫施茵，回頭給你介紹。」

「有幾個傭人？」

「兩個，一男一女。」

這時候，女傭端了兩盅茶和一隻描着八仙過海的細磁果盤來。夏莓仙躬下身去打開景泰藍的煙盒，取出兩枝煙，一枝遞給我。然後婀婀娜娜地走過去，蹲在地上揀了幾張唱片，放在唱機上。第一張是夏利・比爾方提的「香蕉船」。

「你喜歡跳加力騷嗎？」她問。

「喜歡，但是不會。你呢？」

「我會，但是不喜歡。」

「甚麼理由？」

「一切流行的東西，大都經不起時間的考驗。」

「可是你又去學？」

「正因為這是流行的東西。」

她走到酒吧斟了兩杯威士忌來，笑吟吟地說：「酒可以當茶，茶不可以當酒，不如改喝酒吧。」

「也好。」

喝了兩杯後，她說：「你一定又有問題需要我解答了。」

「你真聰明。」

「聰明是女人的三大不幸之一。」

「還有兩大不幸呢？」

「美麗與有錢。」

「你全有了。」
「所以我曾經遭遇了最大的不幸。」
「現在你似乎很愉快？」
「這就是你的問題了。」
我故意用略帶一點調侃的口吻問她：「從跑馬地的墳場走到梅道的洋房，其間的距離並不太短？」
「你的意思是說——」她的眼睛張得很大，像兩個問號。
「我的意思是說，從不幸到幸福必須經過一大段艱辛的路程。」
她搖搖頭，兩個長長耳墜子在燈光下，熠耀發光：「你猜錯了。」
「得來毫不費力？」我問。
她頗表自得地答：「是的。」
「遇到了一個百萬富翁？」
「不是。」
「獲得了一筆遠親的遺產？」
「也不是。」
「中了馬票？」

「對！」

我舉杯向她祝賀，一邊又感慨地說：「在馬場失去的；又從馬場找回，倒也公平。」

「可是這一失一得之間，卻犧牲了一個無辜的好人。」

「你是非常遺憾了？」我問。

「我不知如何贖回自己的罪愆。」她感慨萬分。

從這句話裏，我知道她雖然物質享受極好；但良知上受到的譴責最大，最深，也最痛苦。因此我想起了她的精神生活。

「你會不會覺得很寂寞？」我問。

她走到酒吧去斟了兩杯威士忌。

「當我的感受麻痺時，就不。」

換一句話說，在感受不麻痺時，她是寂寞的。但是一個健康的人，除非大量飲酒或者吞服麻醉劑，決不會無緣無故連感受都麻痺的。於此可見，夏莓仙的精神生活並不正常。所以我說：

「為了一次不可饒恕的錯誤，而把自己的情感埋藏起來，是很不合理的。」

「這樣做，至少可以在情感上不致於太不安。」

「這樣做，未必能贖回你的罪愆。」

「依你之意？」

「過去的還是讓它過去，應該多想想未來。」

「除非我能夠贖回自己的罪愆，根本就沒有未來可言。」

「老年人常常回憶，而年輕人祇想未來。」

「我的心情一點也不年輕。」

「所以你的精神生活必須改進。」

她站起身來，走到酒櫃去，取了一瓶威士忌，替我斟了一杯。我說時間已遲，不想喝得太多，因為回家還要趕寫一篇文章。

「寫文章？」她問。

我告訴她：「我是一個職業文人，一向依靠賣文為生，不過，下星期一開始，要進一家報館去當編輯。」

「寫文章能夠對付生活嗎?」

「勉強可以。」

「你家裏有幾個人?」

「很簡單,一共三個,我的太太和一個兩歲大的女兒。」

她臉色刷的一沉,問我道:「你已結婚了?」

我頷頷首:「三年前,在星加坡。」

「尊夫人不反對你賭馬嗎?」

「她從來不干步我的行動。」

「那末,」她說,「不妨再多喝一杯吧。」

她舉起杯來,碰了碰我的,自己一口飲盡,叫我也一口飲盡。然後再替我斟了一杯,又替自己斟了一杯。然後對我十分嫵媚地迴眸一笑,艷若桃李。

「你真像我的丈夫,」她說,「使我想起往事。」

談到往事,她坦然承認:她與林忠之間的感情並不融洽,嫁給他完全為了錢。

「林忠知道不知道?」

「當他向我求婚的時候,我表示不可能愛他,但可能加以考慮。他很高興,第二天,送了一隻很大很大的鑽戒給我，我答應了。」

「婚後情形如何？」

「她得到了我；我得到了錢。」

「然而你們朝夕相處在一起？」

「我對他祇有友誼，沒有愛情。」

「他對你呢？」

「他對我祇有愛情，沒有友誼。」

「既然有愛情，就不能沒有友誼。」

她仰天大笑，笑了一陣，驀然斂住笑容，說出三個字：「他恨我。」

這時候，花園裏突然出現兩道光芒，是一輛嶄新的「積架」，裏面坐着一男一女。女的下車後，與車裏的男人道聲「晚安」，回身坐入客廳。

夏莓仙同我介紹，原來進來的女人就是施茵。

施茵似乎年紀比夏莓仙大些，裝束入時，只是有點妖氣。

夏莓仙邀她一起飲酒，她搖搖頭，吹着口嘯，吊兒朗當地進入臥房。

我說：「時候不早，我該回去了。施小姐已返，你也不會寂寞了。」

她說：「怕太太在家等得不耐煩？」

我說：「要趕寫一篇文章。」

她「唔」了一聲，霍地站起：「讓我送你回家。」

「不用了，我可以搭纜車。」

「反正我也沒有事，還是讓我送你回去吧。」

我們一同走入車間，仍由莓仙駕駛。

當車子在山道上疾駛時，她問我說：「甚麼時候有空？」

「後天是第三次賽馬的第二日，我們可以在馬場見面。」

「後天你要進報館做工了？」

「白天沒有事。」

「馬場太擠。」

「你肯不去馬場嗎？」

「我想，」她略帶一點忸怩，「明天是星期日，你一定沒有事，我們到新界去兜一圈，換換空氣？」

「好的。」我說，「幾點鐘？」

「下午一點正，你到我家來。」

說罷，她對我有會於心地瞟了一眼。

6

回到家裏，已十一點敲過。

妻問我：「馬場五點半就跑完，為甚麼這樣遲回來？」

我說：「在路上，遇到一個舊同學，十幾年不見，所以到酒樓去喝了幾杯。」

「也不記得打一個電話？」

「這是我的疏忽。」

妻的氣色很壞，呈露着悒鬱，顯得十分憔悴。我問她：「為甚麼不睡？」

她說：「小寶從中午就開始發熱，咳得相當凶，現在剛閤上眼。」

我走入臥房，小寶雖已睡熟，仍常在睡夢中，忽然咳嗆起來。

「也許是受點風寒，不要緊的。」我說。

妻幾乎噙了眼淚：「帶她去看一次醫生？」

「深更半夜，上哪裏去找醫生？」我安慰她：「又不是甚麼急病，何必這樣緊張？你看現在，她不是睡得很好。」

妻不再出聲，嘟着嘴，兀自端了隻椅子來，坐在小牀邊。

我問她：「還不想睡？」

她說：「我怕小寶醒來見不到我，會哭，你先睡罷。」

我取了一條圍巾，往她身上一披，她回過頭來對我苦苦一笑，揮手示意我先去睡。我不便再勉強，也就解衣就寢。

次日醒來，時近中午，發現妻依舊坐在小牀邊。我當即一骨碌翻身下牀問她：「你整晚沒有睡？」她答了一句：「睡過了。」但是她的眼圈比昨夜更加深陷。

小寶咳得很凶，熱度更高。

妻要我帶她去找醫生。

我因為與夏莓仙約定一點鐘見面，恐怕時間來不及，所以從口袋裏掏出壹百塊錢，交給妻，「昨天賭馬贏了，你帶小寶去，我另有約會。」

妻接過鈔票，忽然像受盡了委屈似的抽抽咽咽起來：「孩子病得這樣，你還要出去！」

「一點小毛病，值得大驚小怪？」

說着，我逕自走入洗盥間。

待我洗盥畢，妻已帶着孩子走了。

看錶，已是十二點半，匆匆穿上了衣服，留下一張字條，佯言報館有事，可能遲點回來，晚飯不必等。然後下樓，在附近餐廳裏吃了些東西，僱一輛的士，直上梅道。

夏莓仙打扮得非常瀟脫，坐在客廳裏等我。

她的頭髮已經改成夏萍型，大耳環，蘋菓綠的冷衫，墨裙，摒棄了濃裝，顯得更美。
「你遲到了！」她說。
我答：「昨夜做了一個很長很長的美夢。」
「夢見了我？」
「沒有你的夢，就不美。」
「你很會撒謊。」
她遞了一隻熱水壺和小菓籃給我，挽着我的手，一同上車。
「施茵不去？」我說。
「星期日是施茵最忙碌的日子。」
「她有很多男朋友？」
「看電影一個，飲下午茶一個，遊車河一個，吃晚餐一個，逛夜總會一個，宵夜一個。」
「祗是缺少一個丈夫？」
提到「丈夫」，當車子抵達統一碼頭時，夏莓仙不止一次地說我像林忠。
「祗是你比他會說話。」她說。
「然而他比我有錢。」我說。
渡過海，夏莓仙心情似乎很輕鬆，一邊低聲地哼歌；一邊將車子直向青山道駛去。駛抵郊外，她加快速度。風很大，吹得她的柔髮像水波似的漾開來。她的嘴角掛着一片春。

我問她：「到甚麼地方去？」

她答：「先到沙田。」

一路上，有山，有水，景色如畫。

清風迎面撲來，草香襲人。

小雨初晴的公路，安詳而又昳麗。兩旁梧桐成列，枝葉分外綠。誰家園林裏，傳出鳥雀低語。

天色極藍。郊外的深秋像春天，映入眼簾，儘是甜蜜。

車抵沙田。

我們走進「沙田酒店」，挑了一個靠窗的位子，相對而坐。莓仙喝咖啡，我喝茶。

「談談你的身世？」我問。

「我在上海出世，」她非常乾脆地開始：「我的母親是個寡婦，家境很窮。我不知道父親是誰。小時候，讀過幾年書。稍為懂事後，我結識了兩三個男朋友，他們買些糖菓玩具之類的東西給我，使我知道同男人在一起，可以有收穫而毋需付出代價。十六歲時，我輟學了。」

「為甚麼？」

「因為，母親跟隨另外一個男人出走了。」

「你怎樣維持生活？」

「結交男朋友。」

「把愛情當作商品？」

她向我投以媚人的眼波，舉起左手，輕輕玩弄耳墜子：「那時候，我祇是把愛情當作騙人的工具。」

「騙到甚麼？」

「騙到了一大堆眼淚。」

「你太年輕。」

「所以，二十歲那年，我單身來到香港。」

「為了工作？」

「為了生活。」

我呷了一口茶，問她：「生活得好不好？」

她坦白告訴我：「還是像從前一樣地去尋找男人。」

「像從前一樣？」

「這一次不同，我開始把愛情當作商品。」

「生意做得順利不？」我微笑着。

她搖搖頭：「我一直希望找到一個有錢的，結果全部都是窮光蛋，其中甚至有比我更窮的。」

「窮人一樣需要愛情。」

「但是我不能把戀愛當作慈善事業，我必須用愛情去換取汽車洋房。」

「因此遇到了林忠。」

「我並不愛他。」

「可是你又同他結婚？」

「他有錢。」

這是多麼蹊蹺的邏輯，然而出諸莓仙之口，竟是如此流利順口。她似乎蓄意在矛盾中尋求合理，對人生但問享受，不顧禮義。我承認她懂得很多；也看得很穿，是一個飽經滄桑的女人；不過問題是，她也許懂得太多，看得太穿。所以我說：

「我同情你的遭遇；卻不同意你的態度。」

「甚麼態度？」

「一種玩世不恭的態度。」

她臉上呈露着一朵嫵媚的嬌笑：「你連手段和態度都分不清。」

「難道這是一種處世手段？」

「當然不同於處世態度，」她侃侃而談，「以我為例，為了錢，我可以不擇手段，甚至找一個不能相愛的男人嫁給他。但是，為了愛情，我必須用一種純正的態度，甚至喝茶聊天，也不說半句假話。」

莓仙的話，說得太真，尤其是最後那幾句，使我頻打寒噤。

她的眼波，像錘子一般，擊打我的感情。

我取出兩枝香煙，遞給她一枝，希望藉吸煙的動作，來掩飾自己情緒的激盪。

驟然間，我好像失去了甚麼；又獲得了甚麼。一種無法名狀的感受，被那一雙千嬌百媚的眸子，震到麻痺。我不相信一個女人的笑竟會如此醉人，朱唇啟處，露出幾枚玉齒，有一種曠世的美。

她的美使我震懾，我有點怕，一方面怕她太不認真；一方面怕她太認真。

7

飲完下午茶，走出「沙田酒店」，夏莓仙建議到「容龍別墅」去坐坐。

天色漸暗，天邊掛着一鈎月牙，晚風習習，夕陽淡淡地抹在農田上，予人以一種單調美。

我們抵達「容龍」時，海上仍浮着夕陽的餘暉。

夏莓仙將車子停在路旁，拉着我的手疾步向海邊奔去，情緒十分輕鬆。我以為她要看海，但她卻拉我拾級而下，跳上一艘艇仔。我才知道她想買些海鮮。

「回頭再到『容龍』去吃晚飯。」

她揀了一條「青衣」，又買了些生蠔和蝦。付了錢，自己拎回車子。

進入「容龍」，將海鮮交給了夥計。我們去看孔雀，孔雀居然開了屏，我說：「這叫做鬥艷。」她說我故意挖苦她。

「容龍」每一個角落都收拾得纖塵不染，處身其間，頓感清雅無比。我們走過曲折有緻的幽徑，坐在彩色太陽傘底下，圍着石圓枱，憑欄看海。海作深藍色，小島零亂，依稀可聞漁歌，但又彷彿是海水輕拍沙灘。

「我有一種奇異感覺，」她說，「這感覺叫我溫習回憶，使我回到了過去。」

「誰都無法使時光倒流。」

「此刻我好像生存在五年前的某一個晚上，同樣的『容龍』，同樣的位子，同樣的月牙，同樣的海，同樣的人。」

「同樣的人？」我頗為詫異。

「我的下意識常常將你當作林忠。」

「五年前的某一晚，你曾經和林忠來過！」

「我並無相隔五年的感覺。」

「可是事實上已經相隔了五年。」

「你很像林忠，」她說，「甚至連聲音都似。」

「我倒不希望你把我當作林忠。」

「為甚麼？」

「因為你並不愛他。」

夏莓仙忽然受驚似的瞪大了眼睛，兩頰微紅，有點像胭脂；也有點像酒意，其實兩樣都不是。

「你說了句非常危險的話。」她說。

「不覺得有甚麼危險。」

她手肘支頤着圓枱，雙手托着腮，目不轉睛地凝視我，用一種調侃的口吻說：「除了你的太太外，你還能接受另一個女人的愛嗎？」

「在道義上，不能。」

「捨開道義呢？」

「我仍舊是一個人。」

她想了一想，又問：「你認為一個男人或者一個女人，可以同時愛上兩個男人或者兩個女人嗎？」

「理論上，不能。」

「實際情形呢？」

「愛情本身是不可捉摸的，所以不能像固體一般歷久不變。」

「原來愛情是如此的不可靠。」

「倘若加上誠摯的情感，愛情可能永恆。」

「有情感而無愛情的結合，會不會獲得幸福？」

「不會，」我說，「因為那是單純的情感結合。」

然後她站起身來，邀我到花園裏去散步。一切都顯得和諧而又美好：剪草機剪得平平的草地，盛開得灼灼明艷的花朵，微風，新月，樹梢有歸雀吱喳；山下有海水細語。

夏莓仙從地上擷起一朵落花，血般鮮紅，據說是一種野生植物。她開始有感於花落，臉有憂色；我則嗅到野花的芬芳。

她問我：「看過紅樓夢嗎？」

「不止一遍。」我說，「你呢？」

她怏怏地說：「讀到黛玉葬花，就不敢再讀下去了。」

我茫然。她也不語。我們踩着小徑，走了不少路，大家噤默着，也許是不想說話；也許是無話可說。

走完一大段芳草地，走到一個擺滿盆景的花棚，莓仙忽然站住了，轉過身來，兩隻眼睛盯着我，很美，美若天仙，我情不自禁地將她摟在懷中，她也不加抗拒。

然後我發覺她眼眶裏含着眼淚。我問她：

「為甚麼這樣傷感？」

「因為我太愉快。」

她笑了，輕柔的笑聲像銀鈴。

這是一個令人蝕骨銷魂的女人，一顰一笑，都具有一種娉婷的風度。頃刻間，我失去了「大小」與「久暫」之辨。我醉了，雖然我還沒有喝酒。

我坐在餐桌前，舉杯祝福時，我又十分清明了。我覺得莓仙與我的結識，似乎冥冥中經過了一番安排的。我相信這是命運的支配。

莓仙也要我談談身世，我悽然一笑：「平凡的故事，缺乏小說般的情節。」

「不妨說出來。」

「我是番禺人，生長在小康之家，八歲入學，廿四歲大學畢業，來港後，一直在報界服務，四年前，應星加坡之邀，遠渡重洋，在獅城邂逅了一個僑生女子，忽然發現已經是應該成家的時候了，因此就結了婚，現在有一個兩歲的女兒。」

「並不曲折，然而是幸福的。」

「人生有時候也需要一些曲折，過分平凡，反而會喪失人生的意義。」

莓仙笑得十分飛揚跋扈，問：「是不是忽然發現需要一些曲折了？」

「如能夠有些曲折，也未必是一件壞事。」

「然而也未必是一件好事。」

她的話語有點像警告，卻充滿熱情。一盞燭型的壁燈，發靄着涼鬱的光芒，照在她的臉上，特別柔和。夥計替我們在酒杯裏斟滿了「蔻拉沙」，外邊傳來一陣靡靡之音。

「告訴我，」我問。「你目前的生活是怎樣的？」

「常常在熱鬧場合中，感到寂寥。」她答。

「不想嫁人？」

「想。」她不失為一個坦白的女人。

「為甚麼不嫁？」

「因為祇不過想想而已。」

「想尋找永恆的愛情？」

「祇有懺悔才是永恆的。」

「總不能因為做錯了一件，而一輩子痛苦着自己。」

「痛苦當然不同於快樂；但也自有其安慰。」
「你用痛苦來求取心之所安？」
她垂着頭，怏怏不樂地說：「我為甚麼不能忘記他？那個為我而死的男人。」
「恐怕不能忘記的還是你自己。」
「我沒有付出犯罪的代價，雖然那是一種良知上的罪。唉！我對不起他！我實在太對不起他！」
她似乎哭出聲來，我立即付了賬，挽着她的手，走出「容龍」。
坐在車廂裏，四周漆黑，莓仙驀地像一個小孩子似的，倒在我的懷裏，追悔莫及地嗚咽着。
我用手指托起她的下巴，發覺她的眼眶裏閃燿着晶瑩的淚光。我低聲撫慰她，她無限依依地伸出手臂，勾住我的頸項，情緒很激盪。
「他太好了。」她悽楚地說。
「這不是你的錯，這是生命的錯。」
「他實在待我太好了。」
「逝者已逝了，何必拿過去來折磨自己？」
「我一定要報答他。」
「他已經死了。」

她緊緊摟着我，歇斯底里地嚷：「沒有死！他沒有死！」

「莓仙，」我輕輕地對她說：「沒有人可以活在回憶中的。」

「我祇有回憶。」

「把回憶鎖起來，永遠不要打開。」

「我不能原諒自己。」

「如果想好好地活下去，你必須原諒自己。」

她抬頭，舉起白嫩滑膩的手臂，將披在鬢間的頭髮掠到後邊。她很美，但是眼眶是濕的。

舒了一口氣，她一邊開動車子，一邊問我：「還想到甚麼地方去？」

「想回家。」

「這樣早？」

「家裏還有一些瑣碎事務。」

她加快了車子的速度，抿着嘴，一言不語。十數分鐘過後，她突然用生硬的口氣問我：

「你喜歡我嗎？」

「不。」

「為甚麼？」

「因為，」我答，「我愛你。」

她咯咯狂笑着，說：「請你不要同一個失意的女人開玩笑。」

8

我們回到香港，夜漸深。莓仙送我到家門口，分手時，約我明天在馬場見面，我答應了。

走進了家門，妻仍未返來，小寶也不在。問工人，據說：「太太抱了小寶去看病，一直沒有回來過。」

「到甚麼地方去看病？」我問。

「不知道。」

我開始阢隉不安，被許多可怕的聯想侵襲着，心神不屬。我有意到醫院去尋找她們，卻不知道她們在哪一家醫院。夜涼如水，我衣不解帶地坐在沙發上等候，約莫等了一個時辰，我竟昏昏入睡。醒來時妻已站在我的面前。

她雙手掩着了面龐，哽咽地說：「小寶……」

「小寶怎樣？」

「她已經死了！」

小寶死了！這是絕對不可能發生的事情，而且這麼快。

「甚麼病？」

妻哭得很悲慟，一把眼淚，一把鼻涕地，十分困難才迸出這樣四個字：「急性肺炎。」

我霍地站起，緊抱着妻。妻則愈哭愈哀慟：「可憐小寶臨危還在叫爸爸！」

聽了這句話，我幾乎暈厥過去。

天微明時，妻拉着我到醫院去料理一切。一種難言的悒鬱，像火焰一般潛燃我的心，又刺又痛。

一切料理妥當後，僱車回家。這個家冷清清的，完全不是那個味道。妻哀慟地往牀上一倒，將頭埋入枕頭，肩膀一聳一抽地在飲泣。

我記起了我們還沒有吃過東西。

「你一定餓了？」我問。

她搖搖頭：「不想吃。」

「事情已經過去了，過度的悲傷，祇會弄壞身體。」

完全出於我意料之外，妻像中了邪似的，縱身下牀，兩眼一瞪，厲聲惡氣咆哮起來：「你玩得高興，當然不會過度的悲傷，我呢？徹夜陪着你的女兒，就是弄壞了身體，於你也不會有甚麼相干！你連自己的女兒都不關心，會關心我？」

我默然。

她繼續吆喝：「好了，現在家裏既沒有誰生病，你還耽在家裏作恁？快活谷不是有賽馬，為甚麼不去？沒錢？我有。」

說罷，她打開手提包，掏出了幾張鈔票，狠狠的往地上一擲：「拿去！」

我沒有拿，也沒有走出門。

她吵了一陣，自覺沒趣，也就倒牀飲泣。

整整一個下午，我呆呆地坐在家裏，前事舊影，兜上心頭，想起活潑可愛的小寶，不止多少次泫然淚下。

晚上，我第一天正式上班。離開這冷清的家庭，懷着非常煩亂的心情，去到報館。同事們紛紛向我祝賀，大家有說有笑地，十分鬧哄；但是我的心卻像上了鎖似的，納悶異常。

十點左右，我接到第一個電話。是夏苺仙打來的。

第一句問話：「為甚麼今午不到馬場來？」

我答：「家裏有點事。」

第二句問話：「是不是太太不讓你賭馬？」

我答：「她向來不喜歡賭錢。」

第三句問話：「幾點可以下班？」

我答：「十二點左右。」

第四句問話：「到麗宮去吃宵夜？」

我心裏不想去；但嘴裏卻答稱：「好的。」

在掛斷電話前，莓仙說：「十二點，我在報館對街等你。」

我下班時，已是十二點半了。莓仙果然在對街等候，一見我，便用責怪的口吻說：「我在馬場等了你一下午！」我祇是抿着嘴，不出聲。

車抵北角，走上「麗宮」，舞池周圍高朋滿座，夥計替我們找到了一個靠壁的座位。莓仙很興奮，我則依舊愁腸百結。

處身在這樣熱鬧的場合裏，我覺得無限孤獨。那嘹亮的歌聲，那柔和的燈光，那興奮的舞蹈，那芬芳的醇酒，那媚人的眼波，全不能引起我絲毫的興趣。我彷彿獨坐在無人地帶！心境荒涼，有着無法訴述的辛酸。

莓仙顯然已看出我的愁容。

我出來時，她的車子已等在外面。

「有甚麼心事嗎？」她問。

「沒有，」我極力掩飾着自己的憂鬱感，「一點也沒有。」

「你總愁眉不展的？」

「也許太疲倦了。」

「同我在一起，你是永遠不會感到疲倦的。」

她揮手吩咐夥計拿酒來，是一種烈性酒，也正是我所需要的。

兩杯下肚後，我感到頭重腳輕。那酒頗似俄國的「伏特加」，但比「伏特加」更烈。

「我看得出的，」她好像同我在開玩笑，「你有心事。昨天你不是這樣的。」

我又一連喝了兩杯，我要用酒來麻醉那無力遏制的煩惱。

「為甚麼這樣意志消沉？」她又問，「是不是在報館裏受了閒氣？還是給太太教訓了一頓？」

我搖搖頭，忽然感到一陣顳顬，彷彿給誰打昏了腦袋，心卜通卜通地跳，怎樣也制不住怔忡。

她拉我走下舞池。

我的腿有些酸軟，覺得地板下似有彈簧。

音樂台上正在演奏：「我愛恰恰」。

莓仙問我：「你愛恰恰嗎？」

「我不愛恰恰，我愛你。」

「你醉了。」她嬌嗔地用手指點着我的嘴唇。

「才不過喝了四杯酒？」

「酒醉心頭事。」

「誰說我有心事，」我強辯着，「我很愉快。」

「真的愉快嗎？」她的一對嬌滴滴的眼睛，瞪得好大。

「有一個這樣美麗，這樣聰明，這樣有錢的女朋友，還不愉快？」

說罷，我摟着她在舞池中亂轉。世紀末的旋律，帶着原始的音節，叫人興奮得發癡。

回到座位，我又要了一杯酒。莓仙衹是對我微笑，我懷疑她有看戲的心情。

「為甚麼總是這樣盯着我？」

「想看透你的心事。」

我咯咯發笑，笑到直不起腰。我說：「濃烈的酒，把我的感情和理性，已給完全混亂了。」

莓仙不開口，她的眼睛會說話。那一雙水汪汪的眸子，不笑也美，笑起來就越發迷人。

我將用甚麼方法去捕捉她眼睛裏的青春光輝？我將用甚麼方法去欣賞她嘴角邊的溫情笑意？

「說我像林忠。」我呷了一口酒。

「不想有太多的回憶。」她說。

「不想有回憶，偏偏又忘不了過去，這是最悲哀的。」

「我本來就是個悲哀人物。」她說。

「因為你沒有勇氣把過去禁閉起來，你變成了內疚的奴隸，永遠承受內疚的鞭撻。」

她感喟地嘆息一聲，說：「讓我們談談現在吧。」

「現在？」

「現在的你和現在的我。」

「現在的你我都有一想法。」

「甚麼？」

「多飲兩杯酒。」

於是我們又要了兩杯酒，莓仙還叫了一些飯菜宵夜。吃過宵夜走出「麗宮」，莓仙將車子開向我的住處，我說：「上山去吧！今晚我不想回家。」

「上山到甚麼地方？」

「梅道，你的家。你看，我沒有醉，記得很清楚。」

莓仙踟躇着，把車子駕得很慢，駕到中環，她忽然轉上花園道，緊閉着嘴，臉上一點表情都沒有，但是車子陡地向前疾駛。

我忽然有了一個古怪的念頭：做人而沒有錢，是悲哀的；可是有了錢而沒有別的東西，豈不更悲哀？

我因此明白了，剛才莓仙說自己是一個悲哀人物，應該是有理由的。

她缺乏的是甚麼？

9

「昨晚為甚麼不想回家？」

「受不了酒闌人散的淒涼滋味。」

太陽從窗外射來，滿室生春。莓仙的臥室佈置得很精緻，四壁粉飾玫瑰色。未來派的窗簾，五斗櫥上放着一隻法國洋娃娃，圓圓的臉，大大的眼，梳着兩條小辮子。一隻景德鎮的「窰變」，插着幾枝粉紅色的劍蘭，馥香四射。

我的酒意已消，神志仍恍惚。

莓仙早已起身，我則剛剛睜開惺忪的眼。她今天打扮得分外標緻：戴着一頂北歐的濶邊絨帽，帽圈繫着一杯蘋果綠的緞帶。鬢腳上插一朵鬱金香，嘴角點了一粒痣，看上去，很有些異國情調。

「準備到甚麼地方去？」我問。

她走近牀沿，打開煙盒取出兩枝煙，燃上火，遞一枝給我。然後答道：「送你回家。」

我一連吸了幾口，頭還沉重。

「昨夜你睡在哪裏？」我問。

「如果我告訴你，我同施茵一起睡，你相信嗎？」

說着，工人端了一杯鮮橙汁來，莓仙說是喝了可以解醉。

我問她：「為甚麼待我這樣好？」

她垂下頭，微微翳開栗色的睫毛，羞赧地對我望了一眼。「因為你使我獲得了失去的東西。」她感靦腆，不知道為甚麼要說出這樣的一句話。

「幾點鐘？」我問。

「十點半。」

「我應該回去了。」

「不要吃一些早餐？」

「一定是隔夜喝多了酒，不想吃。」

我一骨碌翻身下牀，走入洗盥間。洗盥完畢後穿上衣服，順手拿了一隻蘋菓，就讓莓仙送我回家。

莓仙告訴我，此刻她有一種莫須有的恐懼。

我問她：「甚麼恐懼？」

她說：「我怕沒有得到你，就失去了你。」

我不知道她的話語是開玩笑呢？還是一種試探。

回到家裏，妻已不在。

問工人，工人說：「太太一清早便出去了，留下一張字條。」

我取過了字條一看，上面寫着這樣的字句：

「……小寶的死，給予我精神上的打擊，最大也最深。我原以為你會給我多少溫暖，但事實卻恰巧相反。這兩天，你的行為使我不能不有所猜疑。打從離星返港的那天起，你就變了，變成了一個完全沒有家庭感的男人；但是我絕無可能同一個沒有家庭感的男人繼續生活下去。昨天晚上，小寶的屍體還沒有冷，你竟然整夜不歸，不

夏莓仙拉着我的手疾步向海邊奔去。

知道居心何在？你既不需要這個家；我也並不需要。我決定回星去了，在我等候船隻的期間，如果你想離婚，我一定到華民署等你。我會打電話給你的。……」

讀完這封信，我已熱淚盈眶。我很後悔，悔不該為了貪圖歡樂和麻醉傷感，竟因此失去了小寶，也失去了妻。

我兀自獨坐在斗室，感到無比孤冷。

荒涼的心，抵受不了痛苦的煎熬。我想出街去尋她，卻又不知應該去何處？我唯有等候她來電，然後求取她的饒恕。我流淚了。

晚上，到報館去上班，一邊做工，一邊在等待妻的電話，結果沒有。下班後，踱步街邊，身旁忽然駛來一輛汽車，是夏莓仙。

「上來吧！」她說。

我走入車廂，迎面撲來一陣濃烈的香味。「為甚麼又來等我？」

「你討厭我嗎？」

在沒有見到她時，的確對她有一點憎嫌；但是同她並排坐在一起時，又覺得她很美。所以我說：「我怎麼會討厭你？」

「那末，」她嬌聲嗔氣地說，「告訴我，現在想到甚麼地方去？」

「甚麼地方都不想去。」

「連家都不想回？」

「我根本沒有家。」

莓仙乜着眸子對我一瞟，以為我喝醉了：「你喝過酒嗎？」

提起酒，我才想起這是解愁的最佳方法，於是我說：「找個地方去喝些酒，好不好？」

「我不希望你像昨夜那樣。」

「昨夜那樣，不好嗎？」

「如果你沒有喝得那樣酩酊大醉，豈不更好？」

「如果我沒有喝得酩酊大醉，事情就不會弄糟了。」

「甚麼事情？」

我沒回答她，衹是嚷着找一個喝酒的地方。我要喝得比昨晚更醉，醉到不能思想，醉到衹會笑，不會哭。

莓仙將車子駛回梅道。我頗感詫異：「為甚麼回家？」

「家裏也有酒。」

停好車子，走入客廳，莓仙從酒櫃取出一瓶威士忌，兩隻空杯！「喝吧，我願意分擔你的哀愁。」

於是你一杯，我一杯，有說有笑。

施茵回來了，夜已更深更涼。莓仙不僅分擔了我的哀愁，還增加了許多快樂。
「你現在的心情好不好？」她的兩頰泛起紅暈，不知是因為酒的關係？還是感情的？
「這個問題很古怪。」
「你不用管它古怪不古怪，」她又追問一句：「你現在的心情好不好？」
「很好。」
「那末讓我鄭重地問你一句話，在心情很好的時候，我相信一定可以獲得最美滿的答覆。」
「問我甚麼？」
她脫去了高踭鞋，兩條腿往沙發上一甩，倒在我的懷中，伸出纖纖玉手，將我嘴角邊的香煙夾了去，深深吸一口，把煙靄噴在我的臉上。她說：
「永遠不要離開我，肯不肯？」
我當即拿去了她手指間的香煙，俯下頭去，吻她的額，吻她的眼，吻她的嘴。
「這就是我的答覆。」我說。

10

一連四晚，莓仙都在報館門口等我。

一連四晚，我都住在莓仙家裏。

我曾經在白天回家去過幾次，回去的目的是想知道一些關於妻的消息，但是工人告訴我，妻從未返過家。

無可否認的，莓仙與我已打得火熱，雖然是短短的繾綣，但一刻都不能分離。我相信莓仙已經付出了真摯的情感，縱然如此，我還是希望妻能夠回心轉意。

第五天晚上，我正在編報時，妻的電話來了，祇是非常簡單的一句話：「明天上午十時，我在『蘭香室』等你。」

我說：「好的。」

她遽爾把電話掛斷。

從電話中的語氣聽來，這個約會的企圖，顯然與我的期望相悖。妻似乎怒氣仍盛，絲毫沒有回心轉意的跡象。我有點納悶。

下班後，莓仙依舊在門口等我。

我不想將妻的約會告訴她，所以不得不製造一個藉口。我說：

「報館要改版，明晨十時舉行編輯會議。」

「你一定要參加？」

「編輯會議對報館的前途有極大的關係，倘非萬不得已，誰也不能缺席。」

莓仙聽我說得煞有介事，不疑有他，也就信以為真了。

第二天我一早起身，吃過早餐，莓仙還睡得很酣。我當即走上大街，直向纜車站走去。九點半，我抵達「蘭香室」。

過了半個鐘頭，妻準時而到。我堆了一臉笑容去迎接她，她卻板着撲克臉，毫無表情。坐停後，各自向夥計要了飲料。我首先開口，懇切地求她饒恕，她閉嘴不語。

我又說：「現在事情已經過去了，何必……」

還沒有將「何必」以下的話說出來，妻就已搶口道：「對於你，事情當然過去了；對於我事情就沒有這樣簡單。小寶的死，給予我的創傷決非時間可以治療。」

「我同你的感覺是一樣的。」

「如果你的感覺同我一樣，」她狺狺地說，「你也不會一夜不回家。」

「給朋友拉住了，情面難卻，其中之一，輸了很多錢，給他個翻本的機會。」

「別扯謊！」她兩眼一瞪，「你幾時打過牌？」

「我可以發誓……」

「千萬不要發誓，你這幾天的行動，我完全清楚。」

我吃了一驚，不知道該說些甚麼好。我張口結舌地：「請……你……原諒……我。」

「你能夠原諒你自己嗎？」

「我承認糊塗，請你原諒我，跟我回家去吧。」

她驀地哄笑起來：「跟你回家？我以為你早就不要那個家了。」

「沒有你在，這個家冷清清的，簡直不像個家。」

「如果有我在，而沒有你在，你想這個家會不會像個家。」

「一切都是我的錯。」

妻用鼻音嗤了一聲，冷淡地說出三個字：「太遲了！」

「我們從頭做起，我發誓不在外邊過夜了。」

「你儘管到外邊去過夜好了，即使一輩子不回去，也與我沒有相干。」

「你是我的妻。」

「我今天約你見面，就是為了解決這個問題。」

「解決甚麼問題？」

「離婚。」

聽了這兩個字，我極力壓制自己的情感。我說：「你應該冷靜地想想。」

「我已經想過幾天了。」

她的態度很堅決，但是我把她的態度當作撒嬌，未必會認真。所以我說：「這幾天你住在甚麼地方？」

「你管不着。」

「要不要用錢？」

「多謝你的關心，我有，我把僅有的一點首飾變賣了，祇留下這隻婚戒準備還給你。」說着她從手指上除下婚戒，放在桌面上。

「何必這樣堅決？」

「如果你沒有別的話，我們現在就到華民署去，手續很簡單，我已經查問清楚了，祇要我們每人親筆寫一張離婚書，由官方蓋印後就完成。我們在星結婚時是採用中國的傳統方式，所以不像註冊婚姻那麼麻煩。」

「一定要離婚？」

「我覺得繼續生活下去已經絕對不可能。」她站起身子，我祇好付了錢，跟她走出「蘭香室」。在抵達華民署之前，我問她：

「離了婚，你有甚麼打算？」

她直截了當地說：「回星加坡。」

抵達華民署後，我非常誠懇地對她說道：「希望你能夠作最後的考慮。」

她眼眶裏噙着眼淚，垂下頭，用手絹掩住鼻尖，逕向辦公廳走去。

華民署的官員聽說我們要離婚，便吩咐我們親筆寫離婚書。我輕聲地對她說：「請你再冷靜地考慮一下？」她咬咬牙，立即提起筆來，埋頭疾書，從「我倆意見不合難偕白首」，一直寫到「男婚女嫁，各不干涉」為止，自己簽名；然後叫我也簽名。

官員照例問了我們幾個問題，經我們一一答覆後，認為勸告已屬多餘，實在無可挽回了，也就在兩張離婚書上蓋了印。

手續完成。

走出華民署，我們各走各路。三年夫妻從此拆散。想前思後，我有無限惆悵。將離婚紙放入口袋後，在街頭漫無目的地躑躅。

中午時分，我搭纜車回梅道。莓仙已起身，說我臉色蒼白，諒必是喝多了酒的關係。

我有些心神不屬，進餐時，覺得飯菜無味。飯後，倒牀午睡，做了一個夢，夢見小寶。

晚上，懷着沉重的心境去上班，雜差拿了一張卡片來，說是有個朋友在會客室裏等我，已經等了半個多鐘點。我對卡片一看，上面印着三個字：「曾查理。」

我並不認識這個人。

走進會客室，是一個三十歲上下的男人，臉色消瘦而皙白，阿飛型的打扮，頭髮微鬈，梳成湯尼蔻蒂斯式；嘴角略歪，掛着莫須有的驕矜。

「曾先生。」

我很有禮貌地招呼他一聲，他稍稍欠一下身子，又坐下了。我繼續問他：「有何貴幹？」

他打掃着喉嚨，用手摸摸下巴，開頭一句便是：「我是夏苺仙的朋友。」

「夏苺仙的朋友很多。」我的口氣帶些揶揄。

他也毫不在乎，祗是天真地繼續說：「我知道她有很多朋友，但是我不同。」

「有甚麼不同？」

「遠在她嫁給林忠之前，我就已認識她。我們彼此因為趣味相投，所以感情極好。」

「既然感情極好，她為甚麼要嫁給林忠，不嫁給你？」

「林忠有錢，我沒有。」

我沉吟了一下，問他：「這就證明當時夏苺仙對你的情感，並不是真摯的情感了。」

「你完全猜錯。」

「何以見得？」

「因為嫁後的夏苺仙，還背着森忠，偷偷地同我來往。你要知道，自始至終，夏苺仙從未愛過林忠。」

「你的意思是說：夏苺仙自始至終愛的是你？」

「不錯。」他頗表得意地取出一枝香煙來，燃上火，一連吸了好幾口。

「直到現在為止，她還是愛你的？」

「一點也不錯。」

因此我用一半戲謔，一半試探的語氣問他：「這樣不是很好？」

「自從她認識了你之後，」他的聲音很低沉，「這種情勢多少有點變更。」

「怎樣變法？」

「一方面，因為我病了一個時期；另一方面，你使她想起了林忠。」

「我還是不明白你的意思？」

他將煙蒂子往痰盂裏一擲，搓搓手，繼續說下去：「林忠逝世後，夏莓仙為了生活，不得不到西貢去掏金，回港後，我們幾乎沒有一天不在一起，其間也曾談過嫁娶，夏莓仙並不拒絕，卻表示不願在短期內舉行婚禮，理由是：我倆都窮。」

「她不是中了馬票？」

「是的，她的確中了馬票，照例我們應該立即舉行婚禮，可是就在這時候，我忽然病倒了。」

「夏莓仙怎樣表示？」

「當我躺在醫院裏的時候，她常常來探視我。她要我安心，待我病癒後，馬上結婚。」

「現在你的病不是好了？」

「前幾天，我一連幾次去看她，她多數不在家，即使在，也祇是用非常冷淡的態度對待我。」

「為甚麼？」

「據她的一位女朋友告訴我：她的態度突變，完全是為了你。我知道，這些日子，她每天同你在一起。」

「她沒有同你正式舉行過婚禮，她有選擇男朋友的自由。」

「當然，」他把右腿往左腿上一擱，「不過，有一點，我願意特別提醒你。」

「甚麼？」

「莓仙並不愛你，」他的說話毫不保留，「莓仙為了贖回過去的錯誤，把你當作林忠，儘量設法使你獲得幸福。」

「即使如此也不見得有甚麼不好？」

「我的看法恰巧與你相反，第一：這種幸福是虛偽的，由於動機脆弱，隨時變更是極可能的事。第二：她愛的是我。」

「既然她愛的是你，你又何必這樣擔心？」

「我並不擔心。」

「不擔心，為甚麼你要對我說這一番話？」

「我怕你在情感上栽一個跟斗。」

「那末，謝謝你的好意。再會！」

我不太禮貌地站了起來，曾查理看出我的不愜意，陰沉地將嘴角一牽，冷笑着走出會客室。

他走後，我心中有種說不出的感覺。這個名叫「曾查理」的男人與夏莓仙之間有着甚麼關係？他說的話有幾成可靠。

我決定將經過情形告訴莓仙，希望從莓仙的談話中，探悉他倆過去的關係。下班後，我以為莓仙例會在門口等我的，結果是沒有。我感到蹊蹺，喚來一架的士逕回梅道。

莓仙不在家。

施茵房中的燈還亮着，我曲起食指，在門上輕叩兩下。施茵啟門，問我：

「有甚麼事嗎？」

「莓仙到甚麼地方去了？」

「不知道，」她說。

我躕躇着，情緒很激盪：「有點小事想請教你。」

她用手背掩蓋着嘴巴，打了呵欠，然後懶洋洋地說：「進來罷。」

我走進她的臥房，虛掩房門，拉一隻椅子坐在梳妝台邊，因為她正在下妝。

「你認識曾查理這個男人嗎？」我問道。

她點點頭。

「他同夏莓仙的關係怎樣？」

「朋友。」她的答話顯然是種敷衍。

「施茵，」我正色地對她說，「我們雖然認識不久，但是我知道你是一個非常忠厚的女性，現在我遭遇了一個難題，希望你能幫助我解決。」

「甚麼難題？」

「我已經愛上了莓仙。」

「這個，」她狐媚地一笑，「我早就看出來了。」

「剛才，曾查理到報館來看我。」

「說些甚麼？」她頗感興趣地反問。

「他說，他是莓仙的密友，兩人談過嫁娶，最近因為病了一個時期；所以同莓仙比較疏遠。」

「這些都是事實。」

施茵用手指掏了一堆去污油塗在臉

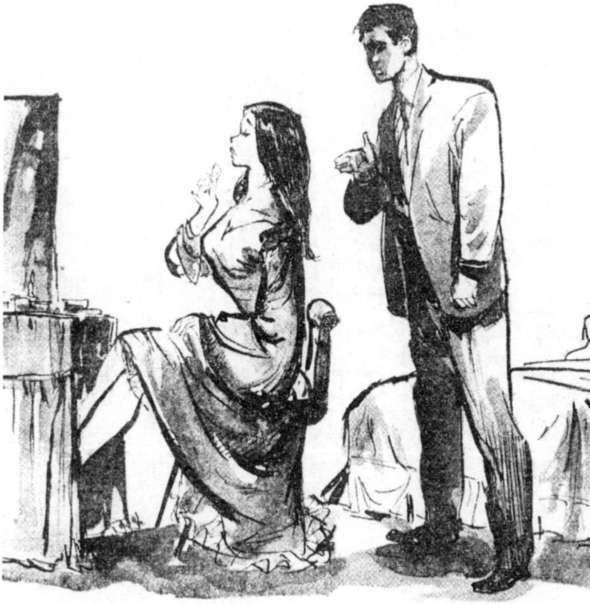

施茵祗是對鏡自照，對於我的問話好像沒有聽到。

上。

「還有呢？」

「還有甚麼？」施茵愛理不理地反問我。

「施茵，」我的語氣簡直有點像哀求了，「請你幫幫我的忙，將莓仙與曾查理的過去告訴我。」

施茵祇是對鏡自照，一會兒取下假睫毛；一會兒用軟紙抹去唇膏，對於我的問話，好像沒有聽到。

於是，我不得不攤牌了。我說：「為了莓仙，我已作了最大的犧牲。我已失去一個家；再也不能失去莓仙。」

她驀然回過身來：「失去了家？」

「如果你答應將他倆的過去告訴我，我願意將自己的秘密告訴你。」

「你真的失去了家？」

我一邊拿出離婚紙給她看，一邊說：「暫時請你不要告訴莓仙，我要考驗莓仙對我的情感是否真誠，所以不願意拿自己的犧牲去打動她的心。」

施茵看完了離婚書，坐在鏡前久久發呆。

「這是甚麼時候的事？」她問。

「今天早晨。」

「曾查理呢？」

「今天晚上，」我說，「如果我早點知道他的事，我也許不會遽即離婚。」

她頗表同情地對我瞟了一眼，尋思半天，輕聲告訴我：「你能保守秘密嗎？」

「當然。」接着，就鄭重其事地發一個誓。

她又沉吟一陣，咬咬牙，對我作了這樣的耳語：「遠在莓仙出嫁之前，她與曾查理同居過一個時期，還養了個男孩子。查理失業多年，家裏開門七件事，幾乎沒有一天不成問題。莓仙迫不得已，便下海去做舞女，做不到三個月，結識了林忠，看在錢的份上，終於嫁給林忠。」

「難道曾查理竟能同意這樣做法？」

「曾查理當然不同意，其所以不得不如此者，有二，他窮；而且莓仙答應婚後跟他繼續來往。」

「莓仙有沒有遵守諾言？」

「莓仙不但繼續跟他來往，還常常瞞着林忠送錢給查理。」

「現在莓仙既已中了馬票，兩人為甚麼不舉行婚禮？」

「說起來，他們的關係實在是相當微妙的。莓仙雖然並不愛林忠，但是在內心上始終覺得非常對不住他。至於曾查理，莓仙認為在道義上已經盡了最大的努力，雖然愛他，卻不斤斤於儀式，何況曾查理的情感並不專一。」

談話至此，我已相當清楚。最後，除去向她保證決不洩露這個秘密，我還提出了一個問題：

「現在莓仙是不是同曾查理一起？」

她莞爾一笑，很俏皮地答覆我：「還是讓你有一個失眠之夜罷。」

11

過了兩天，我下班後從報館走出，莓仙依舊等在門口，一打開車門，便遞了一封信給我：

「剛才有一個小孩子從對街走過來，說是一個女人教他拿給我的。」

我坐入車廂，扭開小燈，開始閱讀信的內容，看筆跡，顯然是妻寫的：

小姐：

你不認識我；我也不認識你。我的丈夫為了你，連孩子的病都不顧。孩子逝世的那一晚，他竟徹夜不歸。我是一個弱女子，對於這樣不負責的丈夫，我沒有別的辦法，祇有用棄家來表示抗議。

我出生在星加坡，並無親戚朋友在香港，所以離家出走後，我竟惘惘然莫知所從了。我賣掉一些首飾，走入一家公寓，暫時安頓下來。

在公寓裏孑然一身，不免感到寂寞，想前想後，為了大家的將來，我覺得應該有忍耐的必要。

所以在我離家後的第三天晚上，我特地趕到報館門口去等他，我希望彼此見面後，可以獲得一個解釋的機會，憑藉這機會，我要他痛改前非。我的初意是：如果他肯改，可以覆水重收；如果他不肯，那我祇好採取最後一條路了。

豈知我在對街等了半天，待他走出報館大門時，卻看見他走進了你的車子，有說有笑地與你並肩而坐。我終於明白了一切。

因此我決定與他辦理離婚手續。辦完手續後，我向航空公司定了一張赴星的船票。

今晚是我留港的最後一晚，臨行時，我很想寫一封信給你。我要你知道，那個朝夕與你相處的男人究竟是怎樣的一種人。

請你設身處地想一想，如果你是我，你要不要這樣的丈夫？

我讀書不多，此信倘若有不當之處，請你原諒。

祝你　快樂

一個被你奪去了丈夫的女子。

讀完這封信，我倒有點啼笑皆非了。看看莓仙，她的臉上掛着頑皮的微笑。

「你覺得怎樣？」我的語氣很尷尬。

「我覺得你肯為了我，不要自己的老婆，是一種了不起的決定。」她的回答完全出乎我意料之外。

「她在信裏責備我是個壞男人？」

「她也並不說我好，因為我奪去了她的丈夫。」

她笑，我也笑了。

車子直向高士打道駛去，我問她說：「到甚麼地方？」她來不及回答，已將車子停在「六國飯店」對面。

「請你喝酒去。」她說。

我們走入「仙掌夜總會」。

莓仙要了一瓶香檳，模樣很高興。

「有甚麼特別的際緣？這樣興奮？」

「慶祝一齣悲劇的完成！」她舉起酒杯。

我也舉起酒杯：「預祝另一齣喜劇的成功！」

三杯下肚後，內心的激動使我說了一些不想說的話：「有一個名叫曾查理的男人來找過我。」

莓仙眼睛裏透露詫異的光芒，問我：「他說些甚麼？」

「他說……」我期期艾艾地不敢說下去。

「不要這樣吞吞吐吐。」

「他說，你並不真心愛我。」

「甚麼理由？」

「他說，你把我當作林忠，可是你並不真心愛林忠。」

「林忠有的是錢，你呢？」

「他說，你想在我身上減輕一點情感上的負擔。」

「你是你，林忠是林忠，雖然面貌酷似，畢竟是兩個人。我承認初次在馬場見到你時，我非常驚詫於你與林忠的相似，為了安定情緒上的不寧，我故意中了馬票不要彩金。但是現在不同，現在我不僅願意付出真摯的情感；還願意把全部愛情交給你。我對林忠的祇有友誼，沒有愛情。我對你則祇有愛情。」

「但是……」我呷了一口香檳，「曾查理說，你愛的是他，不是我。」

「他憑甚麼會知道我隱藏在心底的秘密？」

「憑着你們過去的那一段。」

「每一個人都有一段過去。」

「那天晚上，你沒有到報館門口來接我，是不是跟曾查理在一起？」

莓仙非常坦白地答：「是的。」

「深夜三點，你才回來？」

「是的。」

「關於這件事，我當然沒有權利詢問你，但是為了我們的前途，我不願意永遠有一些不必要的猜想縈迴在腦海中。」

「甚麼不必要的猜想？」

「你與曾查理之間的微妙的關係。」

「諒我坦白告訴你罷，」她有點厭煩了，但語氣含着嬌嗔，「那天晚上我在報館門口等你，曾查理忽然走出報館，看見我坐在車子裏，毫不客氣地拉開車門，要我伴他到『都城』去宵夜，說是有話同我談。我不想伴他到外邊，就帶他回家去，回到家裏，施茵已在，曾查理吵吵鬧鬧，給人聽了不好，所以我又帶他到『都城』去。抵達『都城』後，曾查理講了一些不大入耳的話語來要脅我，並且提出一個問題，要我立即答覆他。」

「甚麼問題？」

「他問我：在他與你之間挑選誰？」

「你的答覆？」

「我毫不猶地答覆他，我準備同你結婚，如果你肯同你太太離婚的話。」

莓仙這句話來得太突然，使我不覺大吃一驚。她的坦白的短語比一千個「愛」字更有力，像手指一樣撥動我的心弦。我舉杯呷香檳，藉以鎮定過分緊張的情緒。

「曾查理對於你的答覆有何表示？」

「他提出三個條件。」

「甚麼條件？」

「一：結婚後我必須與他繼續來往。二：每個月，我要負擔他生活費二千元。三：我不得干涉他的行動。」

「你答應了沒有？」

「我祗答應第二第三個條件。」

「你沒有這樣做的必要？」

「我與曾查理之間還有一些小事是你所不知道的；而我暫時也不想告訴你。」

其實所謂「小事」，定是指那個孩子而言。關於這一點，我早就從施茵處「知道」得很清楚，為了遵守諾言，我祗是不願意講出來而已。縱然如此，我仍認為莓仙並無答應第二和第三個條件的必要。

「如果我是你，我一定全部拒絕他。你與他既然無法律上的約束，就用不着怕他。」

「這不是怕不怕的問題，」莓仙繼續不厭其詳地向我解釋，「為了避免將來的麻煩，我也向他提出了一個條件，作為交換。」
「甚麼條件？」
「和他的第一個條件剛剛相反：結婚後，他必須與我斷絕來往。」
「他答應了沒有？」
「他可以每個月不勞而獲二千元。」
莓仙的話，使我數日來因家庭變故所積淤的哀愁，頓即消失殆盡。我舉起酒瓶替她斟了個滿杯，也替自己斟了個滿杯。
「為我們的將來乾一杯。」我說。
「為我們的幸福乾一杯。」她說。
這一晚，我們大家都很興奮。走出了「仙掌夜總會」，莓仙問我：「還想到甚麼地方去？」
我說：「不如回家去吧。」
在回家的途中，我問她：
「有一個問題，不知道該不該問？」
「你說。」
「你嫁林忠，因為曾查理窮。但是你現在有了錢，為甚麼又不想嫁給他了？」
莓仙的回答很乾脆：「因為他拿了我的錢去玩弄別的女人。」

12

在這短短的半個月中，我有了一段歌泣與共的經歷。妻和小寶留給我的煩惱，使我終日心神不安；而莓仙的熱情雖屬可怕，卻使我在空茫中，再度燃起了生命之火。經過這次坦白的談話後，我們決定了結婚的日期。

有人說：生命是飄忽不定的：然而現在的我總是十分着實。我又重獲愛情，常被一種輕鬆的心緒所支配，忘記了悒鬱，忘記了憂愁，忘記了痛苦，忘記了惆悵。特別是結婚的那天，天氣分外的晴朗，心情也分外愉快。莓仙打扮得像天仙，舉止大方，儀態萬千，既文雅，又嬌貴，教人為她的美麗而震懾，因此覺得她神聖不可侵犯，又極喜愛。

婚後，我們本來計劃到日本去渡蜜月的，後來因為報館不肯讓我請長假，所以祇好到澳門去住了一個星期。澳門雖然可以玩的地方並不多；但是我們是快樂的。

從澳門回到香港，我當晚就要恢復上班，莓仙依舊像過去那樣在門口等我，可是卻一再地要我辭去報館的職務，她的理由是：

「一個月的薪水，還抵不上請一次客所花的錢，為甚麼要那樣辛苦?」

我不能同意她的建議，我認為：「一個男人決不能像女人一般，整天耽在家裏無所事事。我之所以要到報館去做工，並非完全為了錢，而且需要維持一種男性的尊嚴。」

「每天晚上工作得這樣遲，對健康是有害的。」

「每天晚上耽在家裏百無聊賴，對健康也未必有益。」

「可是，」她不耐煩地對我說，「我不願意每天晚上在報館門口等你，給你當車夫。」

她的話說得非常唐突，為了避免受閒氣，我祗好逆來順受，和顏悅色地對她說：「這樣吧，從今晚起，你不必來接我了，我自己僱的士回家。」

她快快不樂地直瞪了我一眼，緊閉着嘴，久久不出聲。

這是我們的第一次小摩擦，雖然不嚴重，卻在情感上已引起微細的裂痕。

「結婚是戀愛的墳墓」，許多人都是這樣說的。觀乎莓仙婚後的態度，我倒時常會在寂寥的時候，想起這句話。

有一次，莓仙要到「娛樂」去看西部片；我說不如到「皇后」去看文藝片。她的臉色刷的發青，一語不發，自顧自駕車出街。

又有一次，莓仙在馬場輸了壹萬多回來，我勸她不必再到馬場找刺激；她就粗聲粗氣地咆哮起來：「這是我的錢，我愛怎樣用，就怎樣用，你管不着！」

更有一次，是星期六的晚上。我下班後，僱車返家。時已深夜十二點，莓仙外出未歸，施茵也不在，祗好去問工人，工人說：莓仙在十點鐘左右單獨出街的，濃妝艷服，打扮得十分花枝招展。

知道了這些情形，我是不勝感慨了。獨自坐在客廳裏，吸了很多煙，也喝了不少酒。扭開了收音機，那來自遠方的音樂聲，幽幽的，叫人更煩。

兩點多鐘，施茵回來了。

「還沒有睡？」她問。

「睡不着。」

「有甚麼心事嗎？」

「莓仙沒有回來，不知道她到甚麼地方去了。」

施茵欲言又止，愛笑不笑地望望我：「也許就會回來的，夜深天寒，你還是睡罷。」

說着，她走入了自己的臥室。

我也等得無聊，拿了一杯酒，進房就寢。

躺在牀上，老是翻來覆去睡不熟。每一次時鐘的響聲，像錘子一般，擊打我的心。我煩躁到了極點。

拂曉了，東天泛起魚肚白，莓仙還沒有回來。

我雖然一夜未睡，但精神卻反常地抖擻。下牀後，進洗盥間洗澡，然後讀報，吃早點。

莓仙還沒有回來。

我心中有一撮妒火在燃燒，混身不自然，說不出來是甚麼感覺。

我開始意識到自己的愚騃了，坐立不安，聽任難以遣排的哀愁頻頻煎熬。

中午。

花園裏傳來車輪輾過石子路的聲響。

我抬頭一望，果然是苺仙。

她放好車子，婀婀娜娜地進入客廳連招呼都不打，逕向臥室走去。

我憤恚地推開

她用鼻音嗤了一聲：「難得一夜不回來，何必大驚小怪？」

房門，問她？：

「你去甚麼地方？」

她用鼻音嗤了一聲：「難得一夜不回來，何必這樣大驚小怪？」

說着，她換了睡衣走進洗盥間去。

待她回入臥室，我沒好聲氣的問她：「昨晚究竟去甚麼地方？」

她呶呶嘴，憤懣地走到梳妝台，從煙盒裏取出一枝煙，「搭」的一聲，扳開打火機，點上火，猛吸兩口，又將長長的煙蒂子往窗外一彈，轉過身來，對我說：「我給你好的住，我給你好的吃，我又給你好的穿，你還想些甚麼？」

「你是我的老婆，」我說，「我有權知道你的行蹤。」

她悄然走到窗邊，有意無意地凝視着花園裏的樹木：「你真想知道嗎？」

「我是你的丈夫。」

「好，我的親愛的丈夫，」她驀地回過頭來，語氣帶點吆喝，「我坦白告訴你罷，昨天晚上，我同曾查理在一起！」

我的心突然往下一沉，情感掀起一陣波瀾，憤恨交集，忿忿然祇想捉住自己揪打。

「你自己說過婚後決不與曾某繼續來往？」我的聲音有點沙痖，聽起來像哭。

她冷冷地一笑：「我把你視作林忠，給了你許多我沒有給林忠的東西，為的不過是想治療自己良知上的創傷。」

「我願意做林忠的替身，但是你並沒有將愛情交給林忠，為甚麼也不肯將真摯的情感交給我？」

她仰起頭來哄笑了，笑得直不起腰，然後邊笑邊說：「你比我想像的更傻！」

「我不懂你的意思？」

她用手絹抹着眼睛：「你究竟是另外一個人，你是你，林忠是林忠，你不是林忠。」

「我更加不懂了？」

「老實告訴你罷，我們的結合實在是非常勉強的。我承認我很自私，為了求取自己的心安理得，不惜讓你犧牲精神上的一切，來換取物質上的享受。最初，你沉湎於物質享受而喪失了是非之辨；現在，你滿足了物質慾，開始期求精神上的慰藉了。然而……唉，還是不要說吧，說下去就更難聽了。」

「你說吧，我倒願意知道我目前所處的地位。」

「我不會顧到你精神上的需求的。」

「但是你是我的太太？」

「法律上，是的；實際上，未必。」

「實際上，你對我不但沒有愛情；連友誼都沒有。是不是？」

「我祇知道待你已經很好，好過待林忠。最低限度，林忠是給我錢用的人；而你是用我錢的人。」

「我為你拋棄了女兒，拋棄了妻，拋棄了家，我在情感上不是已經付出了最大的代價？」

「我在物質上也已經付出了最大的代價。」

「你把我們的結合視作一宗交易？」

「一宗很公平的交易。你有你的便宜處，我有我的便宜處；你有你的吃虧處，我也有我的吃虧處，誰也怨不了誰？」

莓仙這一番話，使我無從答言。我很氣，氣得混身哆嗦，既惱怒，又憎恨，一再自我責備，大大地悔不該當初了。事到如今，我方始明白了自己的處境，自尊心受了重傷，胸襟非常偏狹，一點也不肯原諒莓仙。

我恨她。

因為她玩弄了我。

當我這樣想時，越發感到自卑，自卑到想哭，卻又讓憤恚阻住了眼淚。我的情緒十分激盪，怎樣也無法加以控制，我順手拿起一面鏡子，重重往地板上一擲，大聲怒叱：

「你把我當作甚麼東西？」

「當作林忠。」

「不，你沒有把我當作林忠，你祗是把我當作林忠的遺像，高興時，點三枝香供奉；不高興時，就丟在一旁！但是我到底是一個人，一個有血有肉的人，你可以用錢使曾查理變成一條狗，呼之即來；揮之即去；可是你的錢絕對無法使我變成一具玩物。」

我說得聲嘶力竭，莓仙卻毫不動容，眼睛望着遠處，輕描淡寫地答了一句：

「何必動這麼大的肝火？」

「我再也不想接受你的恩惠了，何況這點恩惠本來就不屬於我，它是屬於林忠的。」

「對，這些恩惠本來是屬於林忠的，你當然受不了。老實說吧，除了面貌相似外，你有那一點及得上林忠？至少，林忠是一個有家庭感的好丈夫，你呢？你是一個完全沒有家庭感的壞丈夫！」

我氣極了，拍的一聲，摑了她一個巴掌。我說：「誰都可以說我壞，唯有你，你還不夠資格，因為你比我更壞，更沒有家庭感！」

莓仙忽然歇斯底里地狂笑起來：「這樣倒好，我要你代替林忠來責罵我！」

施茵聽到了聲音，趕來勸架。我則一言不發，自顧自收拾行李，然後拎着兩隻皮箱走出大門。施茵勸我冷靜想想，不必這樣衝動，但莓仙卻冷淡地說：

「他願意走，讓他走罷！」。

13

離開莓仙後，我嚐到了妻離家出走後獨自留宿在旅店的滋味。我依舊每晚到報館去上班，以為會接到莓仙的電話，結果一個都沒有。

寂寞打開了回憶的錦盒，想起那些永不再回的疇昔，不免潸然淚下了。

我開始憎恨自己的輕浮，要不是迷戀那一份蠱毒似的美麗，怎麼會弄到這般田地。我有意轉換一個環境，但我的職務並不允許我這樣做。那些徬徨飄忽的情緒，困擾着我，使我莫知所從。

星期六，又是賽馬日。

我百無聊賴地搭車去快活谷，我的目的無非是想找些刺激，雖然我知道在這種場合裏，很可能會遇到莓仙。

進入馬場後，情景依舊。

第一場，我輸了壹佰元。第二場，又輸了壹佰元。第三場，忽然覺得有人輕拍我的肩膀，回頭一看：居然是夏莓仙。

她含笑盈盈，說了一聲「買三號馬」便翩若驚鴻地走開了，走進人叢。

對於這樣性格複雜的女人，我不敢作太多的猜測；但是我堅信她給我的貼士是善意的，因此我將身邊僅存的幾百塊錢，全部買了三號的溫拿。

結果：三號包尾。

我身邊的現款已全部輸清，垂頭喪氣地走下看台，竟在大門口遇到莓仙與曾查理。

莓仙微笑着，故作自然狀，但那尷尬的微笑掩飾不了心情上的狼狽。

「你輸了。」她的語氣像關心；也像挖苦。

我意識到她的一語雙關，也就坦白地予以揭穿：「你是指馬場？還是情場？」

莓仙臉上泛起一陣紅暈，頗窘，曾查理接口說：「我老早警告過你了，她是我的，不是你的，也不是林忠的；更不是任何人的。」

曾查理的得意忘形，簡直是一種小丑動作。對於他的一切，我祇能付之一笑。

「再見！」我伸手去同莓仙握手，但沒有同曾查理握，也許我太小器，其實我根本就不喜歡這個人。

走出馬場，我心中不免有些彆扭。回抵旅舍，慨然於往事似煙，一切好的或壞的，統統溜跑了，不見了，不再回來了。

14

從此我不再賭馬，也不再見到莓仙，連她的消息都完全不知。

約莫半年過後，有一天晚上，我從報館走出，意外地發現莓仙站在門口。

「很久不見了，你好嗎？」她笑得很勉強。

「你好。」我淡淡地回答。

「讓我們找一個地方去坐坐，有些話想跟你說。」

「我們要說的話，早已說完了。」

「請你給我一個機會，我有話想跟你談？」

我不表示「可」，也不表示「否」，正在遲疑時，她就揮手招呼一輛的士。

坐上車廂，她吩咐司機駛到「麗宮」去。

我問她：「你的車子呢？」

她黯然回答：「在修理。」

我又問：「為甚麼要到麗宮去，到你家去談談不是更好？」

「我已經搬家了。」

「有甚麼話要跟我說？」

「到了麗宮再談。」

到了「麗宮」，我們揀一個角隅的座位。莓仙較前瘦一點，淺妝淡服，模樣甚是嬌怯。

我問她：「查理還是和從前一樣？」

她的睫毛濕濕了，受盡委屈似的垂下頭，低聲說了一句：「請你原諒我。」

「我倒無所謂，」我說，「不能原諒你的是林忠。」

她內疚萬分，悲慟地用手絹掩着鼻尖說：「我對不起林忠，也對不起你。要不是為了那個孩子，我何至於會吃這麼多的苦！」

這是莓仙在我面前第一次承認了「那個孩子」，同時還流了眼淚。

「你有話要跟我說？」我問。

她點點頭，困惱地透了一口氣：「今天早晨，查理從外邊回來，我問他：昨夜在甚麼地方？他卻問我要一千塊錢，說是欠朋友的債，非還不可。我告訴他，別說一千塊，就是連請醫生的錢都成問題。他向我索取首飾，我拿一疊當票給他看。他很生氣，拿起茶杯，往桌面上一擲，指着我大鬧大罵。孩子正在患病，受驚地哭嚷起來，我叫他不要嚇壞孩子，他臉孔一虎大聲吼道：『孩子是你養的，還給你！』說罷，大踏步走了出去。臨出大門時，還回過頭對我說：『甚麼時候等你有了錢，我再來找你。』他走了。」

莓仙說到這裏，淒涼地側着頭。

經過一大陣難堪的沉默後，我問她：「你的錢呢？」

她廢然嘆息：「全部還給馬場了。」

「短短幾個月中？」

「是的，短短幾個月中。」

「你的汽車真的在修理？」

「賣掉了。」

「房子呢？」

「也賣掉了。」

「剩下的祇是一個孩子？」

「已經送進了醫院。」

「甚麼病？」

「腸熱症。」

又是一大陣沉默。莓仙無限悔恨地說道：「唉，一子錯，滿盤皆落索。」

「誰都會有錯的。」

「我錯了一次，還可以原諒；我怎麼會一錯再錯的呢？」

「不要過分責備自己，」我說，「過去的事，過去了也就算了，應該多想想將來。」

「我還有甚麼將來？」她幾乎哭出聲來。

「你應該把希望寄托在孩子身上。」

「用甚麼去撫養他？」

「你還年輕。」

「我的心境已經非常蒼老了，我需要安定，再苦一點也不怕，祇是再也不願意在外邊拋頭露面了。你要知道：一個人在一生中能夠中一次馬票，已是很難得了，我能希望再中第二次嗎？」

「做人不是一次要中馬票的，大多數人沒有中馬票卻都活得很好。再說，你在事實上已經中過兩次馬票了，另外一次是林忠。問題是：你太注重錢財，你以為錢財可以主宰一切，因此失去了一切。」

「我如果在林忠從美國回港的時候，真的自殺死掉，倒也好了。」

「自殺是懦夫的行為。」

她聽了我的話，情感極其激動，對於可憎的往事以及渺茫的未來，她都難予安

排。她的眼裏忽然充滿了哀憐的神情，用抖顫的聲調說：

「給我一個重生的機會？」

「我不願意再做林忠的替身。你過去說過的：我是我，林忠是林忠，我究竟是另外一個人。」

「除了你，我已失去了一切。」

「你又想贖回自己的罪愆了？」

「這一次是對你；不是對林忠。」

我忍不住哄笑起來：「這一次啊，既不是對我，更不是對林忠；而是對你自己。老實說，你過去最對不起的還是你自己！」

她默默尋思，上排牙緊咬下唇，眼圈漲得紅瘀，剛張口，眼淚便像斷了線的珍珠一般，撲簌簌地滾下來。

我立刻付了賬單。

扶着她的手，冉冉走下樓梯，走到大門口，我塞了一百塊給她：

「你自己坐車回去吧！」

她忍住了抽哽，問我：「不肯送我回家？」

「還是這樣好。」

「我家裏一個人都沒有。」

我不出聲，揮手招一輛的士，讓她獨自回去。

15

一個星期過後，莓仙打了個電話來，說是孩子已病癒出院，有些急用，想再問我借一百元。

我答應了，叫她在報館門口等我。她帶着孩子一起來，那孩子長得面目清秀，十分惹人喜愛。

「你今後有甚麼打算？」我問。

「孩子大了，我也不想再當舞女；可是不做，又怎麼可以過活呢？」

「做舞女，未必是丟臉的事。」

「為了孩子，這是唯一的出路。」

她臉上漾起一朵愁雲，低低地嘆息一聲，悄然帶着孩子走回家去。

之後，莓仙就不再打電話給我了。

有一天。

我正在編報時，採訪組交來一篇稿，內容是這樣的：

【本報訊】昨晚八時半，香港××道六號四樓尾房，發生一少婦服食滴露企圖自殺，被發覺後由十字車送往醫院救治。

該少婦名夏莓仙，前為本港殷商林忠之孀婦。林氏死後，伊因生活無着，一度曾下海為貨腰女郎。三個月前，自他處遷居上述地點，平日沉默寡言，與鄰居亦鮮有來往。

據悉：昨晚七時許，有一阿飛型男子來訪，兩人在房內不知何故，大起爭執。該男子走後，夏女即令其子下樓購物。詎料其子歸來時，竟發覺伊已昏迷在牀，大吃一驚，遂由二房東報警，召十字車到場，送往醫院洗胃。

讀完了這段新聞，我立即向總編輯告假，匆匆僱車去醫院。

莓仙剛剛洗過胃，因服量不多，已無大礙。我徵得醫生同意，走進病房去探視她。莓仙一見我，眼淚開了河，連枕套都濕透了。

「怎麼一回事？」我問。

「曾查理迫我拿錢給他，我說沒有，他就搶去我最後一點可以變錢的東西。」

「這麼一點小事，何必出此小策？」

「我已經沒有勇氣活下去了。」

「每一個人都有活下去的義務，況且你還年輕，還有下一代需要你撫養。」

這時候，護士進來了，說莓仙剛剛洗過胃，雖然已脫離險境，現在還需休息。

於是我又塞了一點零錢在她枕下，用慰藉的口吻對她說：「一切困難都是有辦法可以解決的，不必擔憂。你祇管安心休養，等身體好了，再作計劃。」

我走出醫院。

三日後，莓仙打來一個電話，說她已經出院，還說：「有件事想跟你商量。」我約她在第二天下午見面。

見面時，莓仙第一句話便是：「我決定到西貢去。」

「也好。」我問她說，「入境紙有困難嗎？」

她告訴我入境紙毫無困難，旅費亦有着落，總之一切都是由西貢舞廳的老闆負責。這是那邊的規矩。

「不過，」她說，「我無意帶孩子一起去。」

「為甚麼？」

「如果跟我去，他一定會學壞的；再說，他現在正在唸書，跑到西貢去，入學相當困難。」

「那末你的意思呢？」

在回答我的問題之前，我看到了她潦倒以後的第一個微笑：「你為我失去了一個女兒，我準備賠償你一個兒子，你接受嗎？」

【附錄二】

重復的書寫，反復的回望

——劉以鬯南洋小說的變奏情結

・林方偉

二零一八年，我在新加坡國家圖書館研究劉以鬯一九五零年代的南洋事跡，常鉆入舊報紙、老書刊的迷宮尋探他的身影。

某次，我被一九五九年一月二十三日《南洋商報》副刊《商餘》編者一小段不小心就錯過的「奉答讀者」挑起敏銳的神經：「葛里哥寫作甚多，可能有時候將一些故事，重新融會改寫。但無可否認的，他是一位good story teller。」

一九五九年，劉以鬯已從新加坡返港，與羅佩雲組織家庭已有一年多，並展開他一天萬字的爬格生涯。劉受《南洋商報》總編李微塵邀約，從一九五八年六月二十七日至一九五九年七月十一日以筆名葛里哥撰寫超過六十篇南洋短篇小說，題材各異，風格多變，產量驚人。

一個月後（二月二十七日）「奉答讀者」有了下文：「葛里哥先生的故事，近來刊出比較少，原因是他發了大脾氣，對編者前些時在『奉答讀者』中說了幾句不大正確的話不滿意。編者此刻正在交涉，可能在三數天後有葛里哥的故事源源刊出。」交涉顯然奏效，劉以鬯欣然繼續供稿，三月「源源刊出」八篇小說，是葛見報次數最高的月份。

編者的話讓讀者和有心人士誤會他炒冷飯，魚目混珠騙稿費，靠實力筆耕的劉以鬯大動肝火抗議是絕對合理和必須的。然而，海量翻閱劉為報章撰寫的小說，確實偶爾會有「似曾相似」的感覺。鑒於他為生活變成「寫作機器」，高峰期曾一天為十三家報紙和不定期刊物寫萬餘字，題材偶爾「重新融會改寫」是可以理解的。但主張寫作必定要「與眾不同」的劉以鬯究竟是重復了自己，還是在他在乎的主題上反復變奏出新曲，這才是我下來要探討的。

讀過劉以鬯一九五九年十月號《南國電影》上的短篇《熱帶風雨》（收錄在二零一零年結集葛里哥南洋小說的《熱帶風雨》），再看《椰樹下之慾》的故事大綱，很難不會先入為主地感到「熟口熟面」——兩者皆寫南洋異族相戀，都是馬來姑娘戀上華僑男子。甘榜背景充斥著熱帶的慾望和激情，但異族情路總多舛，女的總被家人逼嫁他人，情侶硬被拆散，釀成悲劇下場。

然而耐著性子看下去，前路豁然開朗。兩個故事除了模糊的基本骨架相似以外，戲肉其實截然不同，是兩部自成一格的獨立作品。《熱》是馬來朱麗葉和華僑羅密歐的的愛情悲劇；而《椰》則是馬來潘金蓮與華人武松武大郎的南洋變奏版。《椰》的人物心理刻畫比《熱》更為深刻和虐心，單是女主角花蒂瑪清晨冒雨，孤身踩著泥濘山峇路到鎮上跟霸王車討價還價，千辛萬苦到火車站癡等私奔情郎卻成空的描寫就將兩篇故事分出高下。劉以鬯把一位被逼婚的馬來女子的心理轉折寫得絲絲入扣，也為她背負著的「馬來版潘金蓮」罪名平反、翻案，讓人為她對戀愛自由的追求動容和感傷。

劉以鬯異族相戀的戲碼應該還有另一個變奏版：《馬來姑娘》。這部在《星島晚報》上連載的小說計劃拍成電影，由林黛和喬宏主演，可惜最終不了了之，所幸劉以鬯在一九五九年七月刊的《國際電影》寫下他創作《馬》的動機，讓我們今日得以了解他為何被這類題材吸引。《馬》也是寫馬來姑娘拉絲蜜戀上華人男子鄭九，小說甚至還有鄭九與鱷魚搏鬥的情節，比《椰》還要奇幻刺激。劉寫：「我采用象征手法，明顯地指出：各民族必須相親相愛，和諧共處，甚至連一點點小誤會都不能存在。拉絲蜜愛鄭九，其情形，一若巫人之與華人……小說以一個甘榜為背景，這甘榜被一條小河劃分為二，馬來人住在河東；中國人住在河西……架上木橋後，兩岸的居民始能打成一片。木橋代表團結。」

劉以鬯的南洋書寫常信手拈來當地各族通用的馬來話和華人方言。這篇文中，他也用了一個對那時新馬社會特有意義的馬來字「默迪卡」（Merdeka），表示他與剛取得政治獨立的新馬站在同一陣線。「默迪卡」是「自主獨立」，表示擺脫英殖民政府，跟「Liberté」對法國人的意義相同，在五十年代的南洋能喚起民族的激情。他寫：「凡是到過馬來亞的人，都喜歡這個新國家。我到過馬來亞，我也喜歡它。」由此推敲，可視為姐妹篇的《椰》和《熱》或許也能歸類為劉以邕的馬來亞寓言，包含了他對新馬民族和諧的期望。

我相信劉以鬯是真心喜愛馬來亞，而不是說來應酬片商的。因對這土地有感情，劉以鬯也反復重寫他在南洋的遭遇，著墨最多的是他與歌臺的密切來往，還有他在《益世報》僅做了四個月就面臨報館倒閉的失意和創傷。劉以鬯為香港《小說報》寫的第一部以歌臺為背景的「三毫子小說」《星加坡故事》就包含了這些元素。無獨有偶，我在一九七一年《南洋商報》上發現的《時代曲》情節也有雷同。

我一直以為《星》是《時》的前身。終於拜讀《星加坡故事》後，證實《星》與《時》雖有些許共通之處——兩部小說的男主角都是從香港南下新馬當報館編輯，顯然是劉以自身的經歷為依據，多少帶有自傳的色彩；和《時》一樣，《星》也有歌臺、報業和新加坡地標的描寫——但兩本卻是完全不同的小說。

《星加坡故事》專注刻畫報館編輯與歌臺歌女蕩氣回腸的愛情，劉以鬯只在兩人歌臺初遇的橋段為讀者生動地重現了五十年代新加坡歌臺的演出現場，但對歌臺文化的描寫卻沒有《時代曲》深刻。《星》的文字浪漫瑰麗，情感濃烈，這或許跟劉以鬯一年前在新加坡戀上劉太，兩人已進展到談婚論嫁的階段有關。劉太憶述，兩人當時同住金陵大旅店對面房，劉以鬯邊治肺病邊完成這部小說。《小說報》雖由香港「虹霓出版社」出版，但幕後金主是美國新聞處，給的稿費比其他刊物高很多，條件是要傳遞反共訊息。劉太說，劉以鬯不搞政治，但拿人錢財，不得不硬硬加上反共的尾巴。如我所猜測，後來交由鼎足出版的《星嘉坡故事》除了書名略改一字，劉以鬯也把突兀的反共結尾剔除，並把藏匿於「馬來亞森林」，象征馬共的「恐怖分子」和「暴徒」胡亞獅改為二戰投靠日軍的漢奸。對照修訂前後，我們看到劉以鬯如何曾為「揾食」而妥協過，一有重版的機會他即刻拿回創作自主權，修成過得了自己那關的版本。

《時代曲》是劉以鬯一九七一年四月至九月在《南洋商報》《小說天地》上重寫他南洋報社和歌臺回憶的小說，是劉繼《星》之後回望他新加坡歲月的二度創作。寫時，劉已回港結婚14年，感情生活穩定，過著一天萬字的賣文生活。和《星》不同的是：劉寫男主角諸尚仁與歌女的情事，筆調較為平淡，他對近距離描述歌臺眾生相似乎更感興趣，當年歌臺巨星莊雪芳、潘秀瓊、王沙與野峰等皆以真名亮相。新加坡歌臺在一九七一年已開始沒落，《時》是用愛情故事來包裝歌臺小史，巨細靡遺地描述歌臺黃金時期的生態與運作，以及歌臺和時代曲對南洋華人社群的影響，比《星》給予讀者更詳盡和全面的歌臺記錄。

重述舊事有助療愈創傷，這或許是為甚麼劉以鬯數次在《星加坡故事》（一九五七年）《時代曲》（一九七一年）和《老王》（一九九七年）等著作重述《益世報》經營四個月就突然倒閉，員工在無預警之下不得其門而入，連私人物件都被封鎖報館內的經歷。劉以鬯「擦拳磨掌」，原想來新加坡報業有一番作為，初到南洋就遇重挫給他很大的打擊。《時代曲》對劉在《益世報》的始末有些含糊帶過，《星》卻非常詳盡地重述《益世報》倒閉前的一夜，為劉不斷重寫的個人創傷提供新的細節。張盤銘的報館好友陳君從董事獲知報紙明天宣告倒閉的第一手消息，前來通風報信，叫他回報館取出私人物件，但是不要驚動他人。原來劉以鬯並非不知情，是知曉報館第二天將倒閉的？但比別人早知道並不會減輕他失業的震驚和悲傷，「一種說不出的悲哀使我想哭……我突然感到非常地孤獨了」，因為隨即而來的是對前景的擔憂，在異鄉舉目無親，南洋還有留他之處嗎？

同樣的素材，劉以鬯在四十年內寫了至少三次，可見南洋歲月在他心中的重量。這些相互呼應、對照的重寫並非一碟碟重炒的冷飯，而是他對這段歲月深切的頻頻回望。劉以鬯就像位爵士樂手，在人生不同的時期重奏同一首歌，或融入舊歌某個段落，變奏出截然不同的新曲。

【附錄二】

人品・文品・新集子

——追憶劉以鬯先生

・東瑞

二零一九年六月八日，是香港資深作家劉以鬯先生逝世一周年的日子。我和瑞芬徵得劉太羅佩雲女士的同意，決定為他出版一本小說集《藍色星期六》作為對我們尊敬的一位文學大師的紀念。瑞芬做甚麼事膽子都比我大，不怕在工商業社會的香港純文學的滯銷，每一次出版劉先生的新書，幾乎都是她出面邀稿的。

手上校編着他去世後的第一部小說集《藍色星期六》，不禁聯想和回憶起劉先生出版的一些前塵往事。許多朋友感到好奇，為甚麼我們會出版劉先生的書。就在去年（二零一八年七月）他去世不久，在香港書展期間舉行的、多達八百位聽眾的《追念劉以鬯先生——文壇宗師劉先生的花樣百年》會上，有人問也是台上四個講者之一的我，為甚麼能夠爭取到出版劉以鬯先生的書？這也確實是很多讀者和行家的疑惑：我們「獲益」在香港只是小小的出版社，沒有任何背景，為甚麼能夠出版名家劉先生的著作的呢？

許多人知道劉先生，甚至普通的香港報紙的讀者，也讀過他早年在香港及海內外報紙上寫的大量長篇連載，但是，他認為有較大純文學價值的《酒徒》（一九六三）、《寺內》（一九七七）當年最初都是由香港海濱圖書公司和台灣的幼獅文化事業公司出版的，影響力不大。一九九三年，我們出版他在我們獲益出版事業有限公司的第一本書《島與半島》，第一版很久才售清，也一直到二零一五年才再版，期間相隔了二十二年。可見，我們並非見到他名氣「如日中天」、他的書「一紙風行」而有利可圖才出版他的書的。他的《酒徒》、《對倒》、《打錯了》受歡迎並熱賣，是在二零零零年後的事。我們是出諸對一位老作家的尊敬而出他的書的，那時的目的很單純，出版社的創立，需要許多香港名家「加盟」以壯大「陣容」，而認識他，是因為寫稿的關係，從七十年代到八十年代，劉先生先後編《快報》副刊、星島晚報《大會堂》周刊、任《香港文學》雜誌總編，因為他向我約稿，我們就這樣與他認識並熟絡了。

劉先生在二十五年間陸陸續續將他的重要著作共十五種交給我們小小出版社出版，體現他重情好義的性格，也顯示了他對一家在工商業環境中艱難支撐的小小出版社的道義支持。他為我們的青少年雜誌《青果》題詞，他出席了我們重要合集《童年》、《父親・母親》、《良師益友》的發布會，我們每次出版較有影響力的合集，約他供稿，他都熱情地一口應允。他還為我一百萬字的印華文學評論集《流金季節》寫序。最感人的是，當我們在二零零零年至二零零一年應允一口氣出版他三本書（《對倒》《打錯了》《不是詩的詩》時，他表示我們會虧蝕，多次不願意收取版稅，在我們堅持之下，他才接受。因此，外間個別人的種種猜測，都是不准確的。比較其他一些人的斤斤計較，劉先生真不愧文人本色。

劉先生清廉一生，他的編報、編輯方針，比如「認稿不認人」、好稿就用非常著名，早就聲名遠播；最難得的是，辦刊以發展世界華文文學大局出發，不分派系，不結小圈，不稿利益交換，贏得世界華文文學朋友的盛讚。因為唯有如此，才能公正，才能百花齊放，繁榮文學。這是需要廣闊的胸襟的，將個人利益完全捨棄。那時，《香港文學》採取了半彩色的、有點「畫報」味道的編排方式，完全「與眾不同」，獨樹一幟，體現了劉先生辦刊的刻意追求完美的理想，如今也成為了絕響。他對華文文學慘遭摧殘的重災區（如印尼、泰國）尤其寄予道義同情和支持，發了不少有影響力的報導和作品。他為人正直，不怕議論，也從不議論別人，在背後說他人的閒話：每次有人邀請他致辭、發言，他的發言內容總是和他的文章風格一樣，言簡語賅，雖頗為簡潔，但相當有力。一位沒啥名氣的、年近八十的寫作朋友十分感激劉老，劉先生在世時，在不認識他的情況下，發表了他不少短篇小說。我也是得益於劉先生的不斷鼓勵，才能堅持了四十幾年的業餘創作，迄今對文學依然不離不棄的。

劉以鬯先生一生寫下的文字字數，從未見他自己統計和提及，都是他人粗略估計的（七千萬字）。這一方面是他的低調謙虛之處，重質不重量；另一方面也和他將自己所寫分為「娛樂自己」和「娛樂別人」兩大類有關。他生前率先整理出版的大都是他認為「娛樂自己」的純文學作品，最有代表性的如《酒徒》《對倒》《島與半島》《他有一把鋒利的小刀》《黑色裡的白色，白色裡的黑色》《不是詩的詩》《打錯了》《甘榜》等等，最後，才是那些所謂「娛樂別人」的作品。這兩者有時是不容易區別的。但足以看到劉先生對自己的嚴謹態度，與時下很多人不同。照我看，「娛樂自己」的作品，有着比較明顯的創意企圖和文學實驗性，而「娛樂別人」的作品，重視的是情節的曲折經營。至於文字，其實一樣的優美出色；貫穿的價值觀，始終如一。畢竟出諸文學大師之手，不同凡響。這一類被稱為「三毫子」的作品，在當時是被刊載在八開大的單行本（一期完）在香港報攤售賣的，有着廣大眾多的讀者群。如今結集成書是有多方面的意義的，讓我們看到一位文學大師哪怕抱着「娛樂別人」的作品也沒有放寬尺度，放鬆自己，收在《藍色星期六》裡的《星加坡故事》《蕉風椰雨》《藍色星期六》三篇小說裡對白玲、花蒂瑪和夏莓仙三位女性的出色塑造刻畫，形象豐滿，有血有肉，成功圓滿，讓我們看到縱然在流行文學的汪洋大海中，劉先生也始終獨領風騷、脫穎而出的。

編書之際，不禁浮想聯翩，追憶劉先生的人品文品種種，感慨萬千。最好的紀念方式，當然是將他的厚達三百多頁的新集子《藍色星期六》出版好。

二零一九年四月月五日初稿
二零一九年五月十一日修訂

編後記

劉以鬯先生於二零一八年六月八日去世，到二零一九年六月八日正是他的一周年忌日。我們出版這一本《藍色星期六》，作為對他緬懷的小小紀念。

這本書包含了三種他寫於半個世紀前的、富有代表性的「三毫子小說」，即《星加坡故事》《蕉風椰雨》（原名《椰樹下之慾》）和《藍色星期六》。其中，前兩部我們基本上根據的是香港鼎足出版社出版的版本，《藍色星期六》根據的是香港《小說報》六十八期重新打字、校訂，改正了其中不少錯漏的字。

非常感謝劉太（羅佩雲女士）的信任，將三部精彩的，甚有文學價值和社會認知價值的小說交給我們出版，並對書的封面設計和內文編排提供了不少寶貴的意見。感謝新加坡的林方偉的賜稿，對《蕉風椰雨》等幾篇小說做了深入仔細的考據，對於讀者了解劉先生創作這幾篇小說的時代背景有着重要意義。

附錄兩種，除了林先生上述文章，還有一篇東瑞的《人品・文品・新集子——追憶劉以鬯先生》，可供讀者參考。

劉先生的南洋系列，我們出過《熱帶風雨》《甘榜》，這《藍色星期六》是第三本（書中兩篇是寫新馬的）。但願還有機會，出版他的各種不同的小說。

三毫子小說，在五十至六十年代，屬於流行通俗小說，今日讀來，也許已經超越純文學，向文學經典跨進中，有待歷史的考驗。

獲益編輯部

東瑞　蔡瑞芬

二零一九年四月二十五日

六月八日修訂